陽気なギャングは三つ数えろ

伊坂幸太郎

祥伝社文庫

目次

7 第一章 悪党たちは久々に銀行を襲い、小さな失敗をきっかけにトラブルに巻き込まれる。いつものこと。
——おとなしくできないなら、せめて気をつけてやれ。

97 第二章 悪党たちは降りかかる火の粉《こ》を払うため、何が起きているのかを探《さぐ》るが、払えば払うほど火の粉がまとわりつく。
——眠っている犬はできるかぎり寝かせておけ。

175 第三章 悪党たちは事件の構図に気づくが、相手の後手に回る。
——1インチ与えれば1ヤード取られる。

239 第四章 悪党たちは別の悪党から逃《のが》れるために必死に行動するが、予定通りに物事が進まない。
——計画を立てるのは人だが、成敗《せいばい》するのは天だ。

328 新書刊行時 あとがき

332 解説——奇想と技巧を極め尽くした当代随一のストーリーテラー
ミステリ評論家・日下三蔵（くさかさんぞう）

装幀：bookwall　カバー写真：mable8（ALASKA JIRO）　カバーモデル：WAKAMAN30号

銀行強盗が一人いた。自由気儘《きまま》に仕事ができる上に、打ち合わせもいらない。はじめのうちは良かったものの、だんだんと孤独を覚え、独《ひと》り言《ごと》が増える。指を鳴らすと銀行強盗の仲間が一人でき、二人組となった。会話を交《か》わし作業を分担し、楽しく過《す》ごせたがやがて話題が尽きる。顔を合わせるだけで腹が立つ。楽屋でいがみ合う漫才師のように互いのことに苛々《いらいら》しはじめる。再び指を鳴らす。仲間がまた一人増えた。三人はいい。バランスが取れ、二人が喧嘩《けんか》をすれば一人が仲裁《ちゅうさい》に入れる。が、三人寄れば派閥《はばつ》が生まれる。これでは銀行強盗はそっちのけだ。テニスをやるにも、誰が審判をやるかで揉《も》める。三《み》たび指を鳴らす。四人ならダブルスができる。

というわけで、銀行強盗は四人いる。

第一章

悪党たちは
久々に銀行を襲い、
小さな失敗をきっかけに
トラブルに巻き込まれる。
いつものこと。

——おとなしくできないなら、せめて気をつけてやれ。

‖ 久遠《くおん》 Ⅰ ‖

きず【傷・疵・瑕】①切る、打つ、突くなどして、皮膚や筋肉が裂けたり破れたりした部分。「深い―を負う」②人の行為・性質・容貌《ようぼう》などや物事の不完全な部分。好ましくない点。欠点。「私は喋《しゃべ》りすぎるのが玉に―」「響野《きょうの》さんは―でできた玉みたいなもんだ」③不名誉なこと。恥ずべきこと。汚点。「経歴に―がつく」④心などに受けた痛手。

「さて、みなさん」銀行のカウンター、整理券を発行する機械の上に片足をかけた響野《きょうの》が喋《しゃべ》り出すのを聞きながら、久遠《くおん》はバッグのファスナーを開けた。

銀行に入ってきたのはほんの少し前だ。窓口カウンターには防犯用の透明パネルが設置されているが、陸上競技さながらに助走をつけ、一気に跳《と》び越えた。みなが呆気《あっけ》に取られている間に、銀行員の動きを止める。先手必勝、仕事のはじまりは稲光《いなびかり》のように。人々が異常に気づいた時には、すでにその場を仕切っている状態でなければならない。

「みなさんのお時間を四分いただきます」口をマスクで覆《おお》っているにもかかわらず響野の声はよく通る。「それまでその場から動かないでください。この手にある拳銃は本物ですが、私はこれを使いたくありません。みなさんも、使ってほしくないわけです。意見は一致しています。みなさんがここで怪我《けが》を負ったり、命を失う必要はありません。行員のみなさんも、お仕事中、本当に申し訳ありません。ただ、安心してください。先ほどそこにいる方が、手元のキーボードで警報を発信しましたから、私たちがここを去るのは、文字通り、時間の問題です」

　響野が指差した先には、細い顔の管理職然とした男がいて、両手を上に挙《あ》げたまま顔をぶるぶると震わせた。自分は通報などしていません、と否定している。

「嘘を言わなくても大丈夫です。あなたはあなたの仕事と責任があります。強盗が来たら、警報を鳴らす。警察に通報する。当然のことをやっただけですから、褒《ほ》められこそすれ、怒られることではありません。悪いのはどっちか。言うまでもありません。法に違反している、我々です。とにかく警察には通報されました。ここに到着するまで四分です。その四分だけ、いただきたいのです。もしここで、我々がもたつくことになれば、我々はここに籠城《ろうじょう》し、四分が何時間にもなるでしょう」

響野さん、二年ぶりの銀行強盗で張り切っているなあ、と久遠は思いながら、持ってきた磁気カードを使い、出納《すいとう》ボックスを開く。中に収められている紙幣《しへい》の束《たば》をバッグに詰め込んだ。

すでに通報されています。と宣言することは大事なことだ。通報済みであるのならば、自分がわざわざボタンやキーを操作する必要はないと行員は思う。責任を感じずに済む。むしろ、警察が来るまで大人《おとな》しくしているべきだと考えるだろう。

成瀬《なるせ》は銀行内にいる客たちに拳銃を向け、ひとところに集めている。スマートフォンを使ってはいけない、いじってはいけないと説明してはいるが、実際のところ、使われても大きな問題はない。

響野の背広の内ポケットには、通信電波の送受信を抑止《よくし》する装置が入っているからだ。コンサートホールや病院内で使われている装置を小型にしたもので、電波法には、「総務大臣の免許を受けた」者だけが使用できると定められているが、銀行強盗とは電波法には従わないものだ。

「四分は短い、ですからこの四分を我慢すれば、あなたたちは無事に自分たちのスマートフォンを手にし、その後で友人たちにメッセージを送ることができるはずです。『銀行に行ったら銀行強盗が来たの！』と話せます。もしくはSNSを使って、銀行強盗を見た、と言うことができます。尾ひれや背びれをつけて、話を拡《ひろ》げてもらえると我々としては助かります。『銀行強盗は十人だった』『それぞれが派手《はで》な衣装を着ていた』『未来から来た』『明日の天気を予想した』『猛獣を連れていた』『それを猟師が鉄砲で撃《う》った』『煮て焼いて食った』。警察には事実を、ネットには面白い脚色を」

成瀬が低いカウンター窓口を越えて、やってきた。久遠の横に来ると無言のまま、紙幣を詰め込みはじめる。ニット帽を被《かぶ》り、目にはゴーグルをし、口元は大きなマスクをしている。久遠も響野も同じ恰好《かっこう》だ。防犯カメラの解析《かいせき》技術は進歩している。映像から個人が特定される可能性は高く、そのため久遠たちは顔面認証システムが注目するポイントを重点的に隠すように、と心がけていた。

黙々《もくもく》と成瀬は紙幣を集めて、バッグに入れ、もう一つのバッグも開く。淡々と仕事をする様子は頼もしく、久遠を落ち着かせる。

「みなさんは銀行強盗について、どういったイメージをお持ちでしょうか？　野蛮《やばん》なグループ、単純で物騒《ぶっそう》な男たち、もしくは映画の中にのみ現われる職業、でしょうか。いや、そもそも職業とは言えませんね。まともに働いているわけではありません。ですが、真面目《まじめ》にこつこつ働いたおばあさんに偽《いつわ》りの電話をかけて、老後の蓄《たくわ》えをごっそり奪っていく男や、結婚を仄《ほの》めかし、独身男性の預金を取ってしまう女に比《くら》べれば、まだマシだと言えないでしょうか。我々がお金をもらうのは、個人からではなく、銀行という建物からです。損害が出れば、銀行員が責任を取らされるのではないか、と心配される方もいるかもしれませんが、銀行員には非はありません。非があるのはもちろん百パーセント我々、まあ正確に言えば私以外の仲間が九十八パーセント、私が二パーセントというところです。何しろ私は幼少のころから、非の打ちどころがない、と周囲を唸《うな》らせてきた人間ですので」

久遠は顔を上げ、「非の打ちどころのない人間が、どうして強盗なんてやってるんだろうね？」と成瀬に囁《ささや》いた。

成瀬が眉《まゆ》をひそめているのは、ゴーグルをつけていても分かる。「あいつの喋ることに理由や意味なんてあると思うか？」

確かに、インコの鳴き声のほうが意味がある。久遠は思う。

「みなさんはおそらく、銀行強盗に会ったのは初めてのはずです。初めて出会ったもの、未知なるものは、人を警戒させます。たとえば、コーヒーです。コーヒーは人を興奮させる力があり、嗜《たしな》まれていましたが、成分などが分かるはずもない時代は、果たしてこれは体にいいのか悪いのか、不安にもなったそうです。ある王様は、コーヒーの毒性について実験しました。コーヒーが好きだったものですから、健康被害がないのかどうか心配になったんでしょう。そこで死刑囚の男二人に、一人にはコーヒーを、もう一人には紅茶を飲ませて、毒性があるかどうかを実験したわけです。囚人Aには一日三回コーヒーを、囚人Bには紅茶を。さて、その結果、どうなったと思いますか」

これ実話なの？　久遠は、響野の演説というよりもただの雑談の押し売りだったが、それを聞きながら、成瀬に目だけで訊《たず》ねた。成瀬は興味もなさそうに肩をすくめるだけで、バッグに紙幣を詰めていく。

「実験の結果、みなさん、驚くかもしれませんが囚人が死んだのです。しかも、紅茶ばかりを飲んでいた囚人のほうが、コーヒーばかりを飲んでいた囚人よりも早く死ぬという結果が出たのです」

心なしか、一か所に集められた利用客たちから、「ほう」と言うような驚きの声が上がったように感じられた。

紅茶怖いな。久遠は思う一方で、喫茶店でコーヒーを出してばかりの響野が、コーヒーのイメージアップのためにでっちあげた逸話《いつわ》じゃないかとも疑う。

「そうなのです、王様の実験によれば、紅茶のほうが先に死んだわけです。ちなみに、紅茶を飲んだ囚人は七十九歳、コーヒーを飲んでいたほうは八十歳で死んだそうですから、僅差《きんさ》といえば僅差だったわけですが」

成瀬が苦笑しているのがマスク越しにも分かる。久遠も溜《た》め息《いき》を吐《つ》く。いつの時代か分からぬが、囚人がそこまで長生きしたのならむしろ体に良かったと言えるんじゃないか。

「みなさん、王様はこの実験結果をどう受け止めたと思いますか？　コーヒーは安全だと思ったか、それともコーヒーは毒だと判断したのか、もしくは、紅茶もコーヒーも誤差の範囲だ、と？　いずれも違います。王様は何も思わなかった。なぜなら、その結果が出るより前に、その王様は暗殺されたそうです。ようするに、今日みなさんに覚えて帰ってほしい教訓は、これです。人体実験のような、恐ろしいことをやると、人は暗殺される、と」

はいはい、と久遠は呟《つぶや》きながらバッグを閉じ、立ち上がるとそれを背負った。足早にリズム良く進み、カウンターの向こう側へとバッグを放り投げた。一つ、二つと落とす。成瀬も同様にした。その後でカウンターを跳び越える。響野は拳銃を見せながらカウンターから降りる。

響野は首を傾け、成瀬たちの顔を確認すると、満足げにうなずいた。「さて、これで四分ちょうどです。最後までおつき合いいただいてありがとうございました。おそらくみなさんとお会いすることは二度とないでしょうが、これも一期一会《いちごいちえ》、人生の大事な思い出になりますように」人質に向かって、深々と礼をした。

久遠も同じ恰好で丁寧《ていねい》にお辞儀《じぎ》をし、バッグを背負い、銀行を後にする。つもりだった。

そこで思わぬことが起きた。フロアを走り抜けようとした久遠たちを、警備員の一人が勇ましく追いかけてこようとしたのだ。久遠はすぐに振り返り、「ストップ」と手を出したのだが、使命感というよりも興奮状態にあったのか、警備員は腰に手をやり、警棒を取り出してそれを投げつけた。綺麗《きれい》に回転した警棒は、獣を狩るかのように宙を飛び、久遠に向かってきた。咄嗟《とっさ》に左手で避けたところ、手の甲《こう》に激突する。痛みに声を上げるが、そこで呻《うめ》いている余裕はなく、久遠は体を翻《ひるがえ》すとバッグを背負い、外に飛び出した。

歩道のすぐ横、車道に黒の車、SUVが停まるところだった。スライドドアを開け、成瀬と響野が中に入る。久遠も駆けつけ、ほとんど飛び込むように乗った。

「あと百二十八秒後に乗り換《か》えるから、服を着替えて」運転席でハンドルを握る雪子《ゆきこ》の声が飛んでくる。

ほてるまん【ホテルマン】①ホテルの経営者。ホテルの支配人。②ホテルで働く人の総称。③変身するとホテルの形になる子供向けヒーロー。

‖ 成瀬《なるせ》 Ⅰ ‖

昼過ぎのホテルは、まだ本格的なチェックインの時間帯よりも前だからか人の出入りはさほどない。成瀬たちのいるホテル一階のラウンジカフェからは、正面入り口の自動ドアからやってくる客がよく見える。

「その怪我、ずいぶんひどそうだな」響野が、久遠の左手に巻かれた包帯に目をやった。

「十日は経《た》つだろ」

「勇敢な警備員の呪《のろ》いかな」久遠は言いながら、その包帯を触《さわ》る。「治りにくい」

「医者に怪《あや》しまれなかったか?」成瀬は訊ねる。ちょっとしたことから犯行が露見する可能性はある。

「大丈夫。僕の行った内東外科《ないとう》はね、おじいちゃんがほとんど眠りながら、診察するような医者だから」

「内東外科にだけは行かないことにしよう」

「それに別に、僕の怪我と強盗を結びつける理由がないからね。テレビとかでやらない限り、大丈夫だよ。あの警備員がテレビカメラを呼んで、『私が投げた警棒が確かに、犯人の左手に当たりました！　みなさんのまわりに、左手に怪我してるやつがいたら、気を付けてください！』と誇《ほこ》らしげに叫んだりしなければ」

「もしそうなったら、どうやって隠すか知ってるか？」響野が嬉《うれ》しそうに言い、コーヒーを飲む。やはり私の店のほうが美味《うま》いな、と独《ひと》り言《ごと》にしては大きな声で呟くが、成瀬は聞き流した。

「どうせ響野さんが言い出すのは、左手だけじゃなくて全身に包帯をぐるぐる巻いて誤魔《ごま》化《か》せ、とかそういうアイディアでしょ。木は森に、包帯を隠すにはミイラに、とかさ」

雪子が無表情で、「正解だったみたいよ。響さん、ぐうの音《ね》も出ない」と言う。

「ぐう」

「でもやっぱり、もう仕事は難しくなってきてるよね。僕が怪我をしたから言うわけじゃないけどさ。街には防犯カメラがあちこちにあるし、普通の通行人が簡単に写真や動画を撮《と》るし」

その通りで、銀行を襲った後の逃走ルートの選択が年々、難しくなっていた。防犯カメラの設置されている店や街頭カメラについて調べ、逃走車両が映《うつ》らぬように、もしくは、映ることで混乱させるように経路を検討し、どうにか逃げ切れてはいるものの、そのほとんどが雪子任《まか》せだったが、いつまでも対応できるとは限らない。

「今はまだ失敗していないが、だからといって、これからも失敗しないとは言えないからな」響野がうなずく。「成功は、『たまたま失敗しなかった』の別名だ」

「年が経つにつれ、カメラの数は増える。さらに性能は良くなる」

「年を取って、わたしの腕は落ちていく一方だし」

そこで横を通った子供がいた。小学校の低学年だろうか、母親に連れられラウンジに入ってきたのだが、通り過ぎたところで、「久遠兄ちゃん」と言ってきた。久遠も、「ああ、元気？　こんなところで会うなんて」と手を振っている。

母親が、どちらさまかしら、と言うように首を傾《かし》げると少年が、「動物園でよく会うの。久遠兄ちゃん」と説明している。じゃあね、と彼が立ち去っていくのを久遠が笑って眺《なが》めていた。

その後で雪子が、「監視カメラどころか、子供の目もあちこちに」と茶化《ちゃか》すように言った。

「ほら、古い動物園があるでしょ。桜木町《さくらぎちょう》から歩いていける。そこにいる時、今の子とよく会って」

「動物園でよく会うというのも珍しい」

「僕はまあ」久遠は肩をすくめて、「フラミンゴとかレッサーパンダといるのが好きなだけだから」と微笑《ほほえ》む。

「久遠、フラミンゴはどうして片脚《あし》を折って眠るのか知ってるか？」響野が挑戦的な言い方で問う。

「動物クイズを僕に出すなんて、強気だなあ」久遠は笑う。「寒いからだよ。フラミンゴは脚が細くて長いから、冷えるんだ。だから折り畳《たた》んで、片方ずつ体で温めているんだよ」

「違う」

「違わないよ。じゃあ、何で、片脚を折り畳んで眠っているの」

「両脚を折り畳んだら、倒れるからだ」

昔からよく言われる答えだ。成瀬は体をひねり、ラウンジの奥の席に座った先ほどの母子を眺める。「慎一《しんいち》もちょっと前まで小学生だったような気がするが」と言わずにいられない。

「今やもう大学生だからな」響野がロビーを指差す。

大学生となった慎一が、ホテルスタッフのアルバイトをしており、授業参観よろしく彼の働きぶりをみなで見に来たところだったのだ。

「わが子ながら、時々、このでかい若者は誰？ と思っちゃうけれど」と雪子が言った。

成瀬は自分の息子、タダシのことを思い出す。二日前に電話でタダシの母親、つまり元妻と喋ったばかりだった。彼女は淡々と、タダシが学校を卒業した後の、働く場所が決まったと告げた後で、「まさかこんな時が来るなんてね」と感慨《かんがい》深そうに言った。タダシが生まれた時のことから、医者や施設を渡り歩いた頃のこと、障害に関する本を片端《かたはし》から読み漁《あさ》ったこと、さらには離婚した際の記憶が成瀬の頭を巡《めぐ》り、なにか彼女に言わなければと悩んだところ咄嗟に出てきたのは、「ごくろうさま」という言葉だった。すぐに、「別に、苦労と思ったことはないけれど」と棘《とげ》のある声が返ってきた。離婚前はこういうやり取りばかりだったと成瀬が思い出しかけたがそこで、「とはいっても、労《ねぎら》ってもらえるのは嬉しいものでございます」と余裕のある口調が聞こえてきたので、ほっとした。

「あ、申し訳ない、一つ教えてほしいんだが」響野が隣のテーブルの後片付けをしているウェイトレスに突然、訊ねた。「ホテルスタッフの慎一って知っているかな」

「慎一さん？　あ、バイトのですか？」目鼻立ちがはっきりし、背筋の伸びた女性は生真《きま》面目《じめ》な顔つきだったが、ふっと表情を緩《ゆる》めた。「知ってます。優秀で、みんな助かってます」

「ほほう。それは鼻が高い」

「響野さん、関係ないじゃん」

「ご家族の方ですか？」

ここで、「家族です」と手を挙げられるのは雪子だけだが、当の雪子は素知《そし》らぬ顔でカップに口をつけている。

ウェイトレスの彼女は、こちらの反応から、家族だと判断したのか、「慎一さん、はじめはバイトだから裏方仕事だったんですけど、英語も喋れるし、真面目なので人手が足りない時は接客もやらされて。こっちの喫茶のほうを手伝ってくれることもありますよ。助かります」と話してくる。

彼女がサービスでお世辞《せじ》を言っているわけではないことは、表情を見て成瀬にはすぐ分かった。嘘をついていない。

「そういえば、この間、ここのテーブルで外国人が寝たままなかなか起きないから、慎一が必死に運んだって言ってたけれど」雪子が思い出した。

「あ、そうですね、あれは困っちゃいました」彼女が顔をしかめたが、成瀬にはそれが、どこか芝居《しばい》がかって見えた。

「時差だな。時差ぼけで眠くなったんだろうな」響野が腕を組み、なぜか分からぬが、時差の存在に感じ入るように首を振る。

ウェイトレスが戻っていった。

久遠がしみじみと、「慎一くんを見るのは久しぶりだよ」と言った。

「二年ぶりくらいか」響野が言う。

久遠がワーキングビザを使い、オーストラリアに行ってからというもの、しかもそれ以降もあちらこちらを旅行していたらしく、ほとんど日本にいなかったため、銀行強盗の仕事から遠ざかっていた。

「大学受験前に、慎一が私の店に来たことはあるみたいだけどな。英語か何かの過去問の解《と》き方を教えてもらいたかったらしい。運悪く、私がちょうどいない時で」

「それ、祥子《しょうこ》さんに訊《き》きに行ったんでしょ。わざと響野さんがいない時を狙《ねら》ったんだよ。鬱陶《うっとう》しいから」

「久遠、おまえ、そんなことがあるわけないだろうが」

「久遠が正解」雪子が短く応《こた》える。

「それでどうする？　みなで慎一の仕事ぶりを見に来たのはいいが、あまり長いこといると後で慎一に怒られそうだ」成瀬は言う。

視線をやれば、ホテルのフロント近くで、利用客に応対する慎一の姿があった。

「今わたしたちが来てること、慎一にもうばれてるの？」

「俺たちがロビーに入ってきた時、慎一が気づいていた。あからさまに、嫌《いや》そうな顔をしていたが」はっとした表情を浮かべたものの、接客中であるから近寄ってくるようなことはなかった。照れ臭さと疎《うと》ましさがまざった苦笑《にがわら》いを浮かべていた。

「もしわたしがバイトをしていて、親がわざわざ見に来たりしたら、相当怒ると思う」雪子は他人事のように言う。

「そう考えると、慎一くんは大人だ」

「俺たちに何を言ってもしょうがないと諦《あきら》めてくれているんだろう」

「響野さんに何か一言言ったら、そのお返しにどうでもいいくだらない話で三十分は仕事を邪魔されるからね」

「慎一は頭がいい」成瀬は言った後で、周囲を見渡す。

レジで会計をしている中年男が小銭を落としたところだった。

薄緑のジャケットを羽織《はお》る男は、見るからに億劫《おっくう》そうに溜め息を吐いた。近くを通りかかった店員がしゃがみこんで硬貨を拾うが、それを手伝う素振《そぶ》りも見せず、当然のように受け取ると礼も言わず、歩いていった。

「何を見てるんだ、成瀬。面白いものでも歩いているのか？」

「いや、傲慢《ごうまん》な客に幸《さち》あれ、と思っただけだ」今、レジ前で起きたことを話す。「ただまあ、その場面だけを見て、彼が傲慢だと決めつけるのもフェアじゃないかもしれないな」

「前にテレビでやっていたけれど」久遠が言う。「たとえば、目の前でおばあちゃんが転《ころ》んだとするでしょ。その時、急ぎの用があって、やむを得《え》ず、通り過ぎちゃうことがあったとすると、だいたいの人は、こう思うんだ。『私はそんなに悪人じゃないんだ。今はたまたま急いでいるだけで仕方がなかったんだ』って」

「まあ、嘘じゃないだろうな」響野がうなずく。

「でも、それが他人の場合、誰かが転んだおばあちゃんを無視して、先に行っちゃったのを見るとね、『あの人は冷たい人だ』と決めつける。ようするに、他人に関しては、一場面の行動を見ただけで、性格や人間性を決めつけちゃうってことだよ。裏の事情までは考えない」

「確かにそうね。相手の事情をもっと想像してあげるべきね」雪子がうなずく。

「さっきのあの男も、単に腰を痛めていて、落ちた小銭が拾えなかっただけかもしれないしな」

成瀬が言った直後、先ほどの男がロビーでスマートフォンを耳に当てながら、膝《ひざ》の屈伸《くっしん》をはじめ、柔軟運動の真似事《まねごと》のような恰好をしているのが見えた。そればかりか上半身をぐるぐると回しはじめる。

「腰は大丈夫そうだね」やはり気づいた久遠がぼそっと言う。

「拾ってもらってもお礼が言えなかったのは、喉《のど》を痛めていたから、という可能性もあるる」

男はスマートフォンに向かって、大きな口を開けて、喋っている。

「ちゃんと発声できているようだな」響野も苦笑いを浮かべ、言った。

「まあ、とはいえ、悪い人間ではないんだろう」成瀬が言ったところで、久遠が、「僕はちょっとトイレに行ってくるよ」と席を立った。

ジャケットの中年男はスマートフォンで誰かと喋り、やがて、それを終えると歩きはじめたのだが、スマートフォンを眺めながらであるからか、別の利用客に何らかの説明をしていたホテルのスタッフ、慎一に、ぶつかった。慎一は慌《あわ》てて振り返り、謝罪の言葉を発したが、男のほうは怒った。当たった肩のあたりをさすりながら、一言二言、嫌みなのか小言《こごと》なのか、不愉快そうに口にしている。

「自分がよそ見しながら歩いていたくせに」雪子もその状況を見ていたらしく、苦笑まじりに呟いた。

「何かあったのか?」響野が後ろを見た。

「さっきのミスター〝小銭を拾えない男〟が、歩きながらスマートフォンを使って、慎一にぶつかったくせに、怒ってるみたい」

「雪子、おまえが割って入らなくていいのか? うちの息子に難癖《なんくせ》つけないで、と」

「こういう理不尽《りふじん》なことがあるのも勉強だから」

「冷静な母親だなあ」響野が笑うと雪子はすぐに、「腹は立ってるけどね」と無表情にこぼした。

成瀬の目の先、ロビーでは慎一が、男に対し頭を下げはじめているが、いつの間にかトイレから戻ってきた久遠が、その男の脇を通り過ぎ、ほどなく成瀬の向かい側の席に座った。

「慎一くん、怒られてたね」

「ぶつかったんだ」

「あらら」

「正確に言えば、スマホを見ながら歩いていた相手が、勝手にぶつかってきたんだが」

「それはまあ、何というか」久遠が微笑む。

「もしかすると、事情があるんじゃないの」雪子が言った。「今日は、家族の大事な手術があって、ぴりぴりしているだけかもしれないし。何か裏の事情が」

「確率はゼロじゃないだろうけどね。どうも感じが悪いおじさんだよ、あの人」

「だからといって、反射的に財布《さいふ》を掏《す》ってくるのはいかがなものか」

成瀬の言葉に久遠ははっとし、少し照れる。「気づいてた？」

「何だよ、おまえ、よそ様の財布をそんなふうに盗《と》ってきたら駄目《だめ》だろうが」

「だって、僕たちの慎一くんをガミガミ叱《しか》っているのが腹立っちゃって」

「まあ、あの男も家族が大事な手術を受けているからな」

「成瀬さん、それまだ決定していないからね。あと、財布じゃないよ。パスケースだ」

「久遠、おまえ、そうやって人のもの盗んでばっかりいるとな、遅かれ早かれ捕まるぞ。取り押さえられて、地べたに這《は》いつくばることになってだな。そこで通りかかった私に、『助けてください、響野様』なんて言ったところで、どうにもならないんだからな」

「はいはい」久遠はあしらうように言いながら、取り出した小さなケースを検《あらた》めている。

「これがあの人の名刺かな」と一枚取り出した。

火尻政嗣《ひじりまさつぐ》と名前があり、肩書には週刊誌名があった。

「週刊誌記者か」成瀬が言うと響野が、「あ、成瀬、おまえ今、週刊誌記者はずかずかと人のプライバシーに首を突っ込む、無神経な奴だと思っただろ？　な、そういう偏見を抱《いだ》くのはどうかと思うぞ。いいか、たとえば」とうるさくなる。

「このボタンを押したら、響野さんのお喋りが止まる、とかないのかな」久遠がテーブルの上の、オーダー用呼び鈴《りん》を指差す。

響野が口を閉じた。

「いい週刊誌記者もいれば、悪い週刊誌記者もいる」成瀬は、響野に続きを喋らせないために言う。「正確に言えば、どの週刊誌記者にもいいところと悪いところがある、と言うべきか。人はみんなそうだ」

「でも久遠、せっかく取って来たのに悪いけれど、それ返してきてもらっていい？」雪子が指でエレベーターのある方向を示した。

「え、返すの？」

「だって、この火尻記者が、ホテルで掏られた、とか文句言ってきたらうちの慎一が責められるかもしれない」

「確かにありえる」成瀬も同意した。「さっき、ぶつかった時に慎一が掏ったと言い出す可能性もあるだろうし、そうじゃなくても、このホテルは防犯がなっていないと嫌みの一つや二つは言いかねない」

久遠は頭を掻《か》き、すぐに立った。「言われてみれば、その可能性はあるね」

「ほら、だから言ったじゃないか」響野が自慢げに胸を張る。

「ええと、響野さん、何言ったたっけ」

「何か言っただろ、何か。私のことだから」

＝　久遠　Ⅱ　＝

おん―じん【恩人】①助けてくれた人。恩恵を施《ほどこ》してくれた人。「命の―」②主に、助けられた人が助けた人を指して、言う。自称する人については警戒が必要。

エレベーターは二基あった。すでに火尻記者の姿はないから、これはもう追えないと諦めかけたが、一基はロビー階、つまりその場に停まっており、もう一基は十六階で停止している。ならば十六階だろう、と久遠は見当をつけ、エレベーターに乗った。もちろん十六階で降りたのが別の宿泊客の可能性もあったが、まずは、と思った。

十六階に到着しても当然のように、人影はない。さて、どうしたものかと悩んだものの、せっかく来たのだから少しうろついてみることにする。エレベーターホールの先は左右に廊下が続いている。天井には防犯カメラが設置してあった。各フロアにやってきた客を出迎えるかのようだ。

「火尻さん、どこかなあ」久遠は呟きながら、犬が鼻を利《き》かせて目的物を探すような気持ちで鼻を突き出しながら、まずは左へと歩いていく。

くんくん、とドアに鼻を近づけ、耳をそばだて、もちろんそれで室内が察知できるわけがないのだが、久遠は各部屋のドアの前をゆっくり通り過ぎていく。

廊下の一番奥、1601号室のドアの前を通った時だった。物音が聞こえた。かすかではあるが、壁に誰かがぶつかったような音だ。

「お」と久遠は両手を動物の耳のような形で立て、ドアのほうに向けた。体を寄せ、まわりを見渡してから耳を当てる。何も聞こえない。

「火尻さん?」と囁くが当然ながら返事はない。呼び鈴を押すことにした。相手が出て、それが火尻記者でなかったのなら、部屋を間違えたであるとか廊下にパスケースが落ちていたであるとか言い訳を口にすればいいと思った。

が、予想に反し、誰も出てこない。むしろ、室内はよりいっそう静まり返ったような気配すらあった。

物音はしたのに。誰もいないわけがない。

もしかするとドアのすぐ向こう側に立ち、魚眼レンズからこちらを窺《うかが》っているかも、と気づき、久遠は慌てて穴を指で隠した。

その上で、「すみません。ちょっとお伺いしたいことがあるんですが」と呼び掛ける。あまり大きな声を出すと響きそうでもあった。

「いるのは分かっているので、出てくるまで待ってますよ」

すると、レバー型のノブがすっと降りた。やはりドア越しのすぐそこにいたのだ。ドアが引っ張られた。

火尻記者が立っていると予想していたのが裏切られた。そこにいるのは見知らぬ男で、というよりも目出し帽を被っていたので顔すら分からないのだが、とにかく予想外の姿の男がいたものだから久遠は一瞬、動揺した。

「あれ、銀行強盗？」久遠の口から出たのは、そのような言葉だった。

相手が久遠の腕をつかみ、思い切り、引っ張っている。よろけて床に転んでしまった。

目出し帽の男が外に出ていくのが分かったが、久遠はなかなか立ち上がれない。クローゼットの戸に手を引っ掛け、どうにか体を起こす。例の警備員の警棒が当たった手に、痛みが走った。部屋を出るが物音はなく、壁や床が口を噤《つぐ》んだかのように静まり返っている。足音もない。どこに行ったのか。自分が来たエレベーターのほうに目をやった後、逆方向に視線を向ける。非常口と記《しる》された扉はあった。そこから逃げたのだろうか。

1601号室に戻ると、火尻記者が頭を触りながらドアのところまで出てきた。

「大丈夫？　殴《なぐ》られたのかな」

「いや」火尻はかぶりを振りながら、「いったい何がどうなっているのか」と不満げに呟いている。「目が覚めたら、あのマスクを被った男が立っていたんだ」

「目が覚めたってことは眠っていたの？」

「俺も疲れていたんだろうな。気づいたらベッドの上にひっくり返っていたようだ。呼び鈴の音で目が覚めた」

「僕が鳴らしたやつだ」

「ああ、そういう意味なら、君が来なかったら危なかったかもしれない」

「危なかった？」

「何かを盗まれた可能性はある。今のやつ、ホテル荒らしか何かだろ。というよりも、ええと君は」

「あ、僕は通りすがりの」

「通りすがりの？」

「命の恩人」と言って、パスケースを前に出した。「ほんとのことを言えば、これが部屋の前に落ちていたんだ。そうしたら、部屋の中で物音がしたから心配になって」どうして廊下のこんな端を通りかかったのかと問われたら、久遠は答えを持っていなかったが幸いにも訊ねてはこなかった。

　隣の1602号室のドアが開いた。久遠は咄嗟に身構え、場合によっては飛びかかる準備すらした。出てきた客はふっくらとした体格の、丸顔の男だった。むすっとした顔で、こちらを見る。不審そうに眉をひそめてくる。騒がしかったために、部屋の外を窺いに出てきたのだろう。いったい何の騒ぎだ、と不愉快そうだった。

「廊下で喋るのも何だから、部屋の中に入れてもらってもいい？」久遠は言う。

「ああ、そうだな」火尻もうなずいたが、はっとしたように久遠の顔を見た。この若者も危険人物の一員ではないかと警戒したのだろう。が、無邪気な小動物じみたあっけらかんとした雰囲気の久遠からは、危なさの欠片《かけら》も感じ取れなかったのか、「まあ、大丈夫か」と背中を向けた。

部屋の中では椅子がひっくり返り、グラスが落ちていたものの、物が壊《こわ》れるような荒れ具合ではなかった。テレビがついたままだった。「いつの間にか眠っていたんだな。どうせ、眠くなるようなつまらない番組をやってたんだろう」と火尻はぶつぶつ言っているが、テレビを消す様子は一向《いっこう》にない。

「さっきのあの覆面男、何が目的だったのかな」

「ホテル荒らしだろう」

「でもさ、どうして入ってこられたの。オートロックじゃないの?」

「俺に訊くな。予備のルームキーをどこかで拾ったのかもしれないしな。くそ、急に起きたせいか、頭が痛い」火尻はこめかみを押さえた後で、首を回した。

テレビは依然《いぜん》としてついたままで、ニュースを流している。

「考えれば考えるほど、君が来てくれて助かった」火尻は自分の荷物を確認し、ノートパソコンをいじくった後で、改めて、久遠のことを恩人だと実感したのか、何度も礼を言う。

「落とし物を届けに来て良かったというわけだ。パスケース渡したよね」感謝されることは照れ臭かった。「じゃあ、僕はこれで」

「あ、ちょっと待ってくれ」

「僕もそんなに暇《ひま》じゃないからさ、早く行かないと」警察が呼ばれ、巻き込まれるのは面倒だった。

「あ、このことは内緒にしてもらってもいいか」

「え？　内緒？　警察に連絡しないの？」

「目立ってしまうのは困る」歯切れ悪く火尻は、弁解するように言った。

「目立つとまずい？」

火尻はそこで少し逡巡《しゅんじゅん》する間《ま》を見せた。言うべきか言わないべきか、どちらが自分にとって得になるのかを計算していた。「俺は実は記者をしていてね」

「貴社の記者が汽車で帰社」

「何だそれ」

「漢字変換の調子を調べるための有名な文章でしょ。それで、火尻さんは記者で」

「ちょっとした取材のために、このホテルに泊まっているんだ。極秘の」

ちょっとした極秘、とは語義矛盾《むじゅん》にも感じる。

「事件？」

「いや、そんなにたいそうなものではない」

「たいそうなものじゃないのに極秘。有名人の熱愛とか？」

「どちらかといえば、そういう系統だな」

「特ダネを狙っているわけだね」

「警察沙汰《ざた》にして目立つと、せっかくのチャンスが台無しになる」

「でもさ、さっきのあの犯人は下手《へた》をすれば、火尻さんに危害を加えていたかもしれないんだよ。それよりも、取材が大事なんて」久遠は思わず声を大きくしてしまった。物事の優先順位について冷静な判断が下せていないのではないか、と呆《あき》れずにいられない。が、個人的な感情のもつれから、大勢の社員の生活に影響を与える決断をする経営者もいるように、もしくは、環境破壊は良くないと分かっていながらも日々の生活を変えることができない自分たちのように、こういった優先順位の見誤りはよくあることなのかもしれない、と気づく。

「あれはおそらく、ただのホテル荒らしだ。そうじゃなかったら、俺を脅《おど》しに来たのか、原稿を奪いに来たのか」

「脅しに？　身に覚えはあるわけ？」

「まあ、あちこちでいろんな記事を書いているからな」

「でもさ、今の時点でも、このことを記事にはできるんじゃないかな、『本誌記者がホテルで眠っていると、侵入者が！』とか。だとしたら、警察に通報したほうが」

火尻記者は腕を組み、思案する顔になった。「いや、それだけじゃあ面白くない。下手をすれば、俺の自作自演だと思われる可能性もあるしな」

久遠は呆れ半分に、「火尻さんは記者の鑑《かがみ》だなあ」と無感動に言った。常識から考えれば警察に通報すべきだ、とは思ったものの、久遠自身も事情聴取されるのは避けたかったため、火尻がこの出来事を表沙汰にしないのなら都合は良かった。警察にパスケースをどこで拾ったのか、など問い詰められると面倒だ。

「もちろんこのまま泊まるのは、俺もさすがに怖い。鍵だって信用できないわけだしな。このホテルに泊まるのはやめるよ」

「そのほうがいいね」

「もったいないんだけどな。せっかく同じフロアの部屋を取れたってのに」

「誰と？」隙《すき》を突くように久遠は言葉をぶつけたが、さすがに火尻は引っかかるようなミスは犯さず、「それは言えないが」と勝ち誇るように鼻の穴を膨《ふく》らませた。「まあ、居場所が分かってるだけほかを出し抜いてはいるんだが」

「誰の？」一文字変えて、また投げつける。

「それは言えないなあ」

「じゃあ、僕はここで」

「君のおかげで本当に助かった。ありがとう。落ち着いたら礼をしたい。名前とか名刺とかないのかな」火尻記者はそこで穏《おだ》やかなごく普通の中年男という顔つきになった。

「いいよいいよ。気にしないで」

テレビではニュース番組が流れていたが、そこで加工された音声がひときわ大きく響いた。「私がね、必死に投げたんですよ。警棒を。私もまあプロですからね、銀行強盗にいいようにされて大人しくしているわけにはいかなくて」

画面を見れば、モザイク加工の男が喋っている。先日起きた、強盗に襲われた銀行での出来事が語られ、その中で警備員が武勇伝よろしく、「警棒を投げつけた」ことを語っているようだった。

「でもね、私の警棒、強盗の左手に当たったんですよ。あれは確実にダメージを与えましたし、今だって強盗は手に包帯を巻いているかもしれませんから、確実に、目印になってるはずです」警備員は興奮しながら訴え、どうやらその主張は、番組のスタジオでは苦笑まじりに受け止められている様子だったが、久遠はほとんど意識せず、自分の左手を、そこに巻かれている包帯を見た。

それからはっとして、火尻記者を見れば、彼も久遠の左手に視線を寄越し、はっとした久遠の動きに、はっとしている。しまったと思ったものの、その、しまったという思いが顔に出たのか、火尻記者の表情が一瞬強張《こわば》った。

久遠は気まずさを感じながら、「じゃあね火尻さん」と部屋の出口に向かう。

「ちなみに、どうして俺の名前を知ってるんだ」

「だってほら」久遠はパスケースを指差した。「中に名刺があったから」

「ああ、なるほど」火尻記者が大きな欠伸《あくび》をはじめる。疲れているのか、すぐにまた眠りかねない顔つきだった。

物騒な目に遭《あ》ったばかりなのに、神経が図太い、と久遠は感心し、「中からちゃんとロックかけておいたほうがいいよ」と忠告し、外に出た。

廊下の向こうから、ワゴンを押したスタッフがやってくるところだった。ルームサービスを運んでいるらしく、ちょうど久遠の目の前、火尻の部屋の隣、１６０２号室で止まった。

訝《いぶか》るように見られたため久遠は、急いで通り過ぎようとしたが不意に思い立ち、「あ、今、エレベーターのほうから来たの？」と声をかけた。

「え、はい」

「不審な人、いなかったよね？」「不審な？」

「覆面を被った男とか」この質問自体が不審だとは自分でも思った。

案《あん》の定《じょう》、制服姿の女性は顔を引き攣《つ》らせ、「いえ」と短く答えた。「不審な男って、あなた以外に?」と言いたかったところだったに違いない。

久遠はエレベーターに乗り、一階に向かう。

到着し、扉が開き、ロビーに出ると目の前で、響野が床にうつ伏せに倒れ、ホテル従業員に押さえつけられているからぎょっとした。

いったい何が起きたのか、と目をしばたたいていると響野のほうも久遠に気づいたらしく、顔を上げ、「助けてください、久遠様」と洩《も》らした。

「ほら、響野さん、片脚ずつ畳まないと、倒れちゃうのに」

＝響野《きょうの》 Ⅰ＝

しゅ【朱】①赤。また、やや黄を帯《お》びた赤色。
②赤色の顔料。③ ②を用いて作った墨《すみ》。朱墨。
—にまじわればあかくなる【朱に交われば赤くなる】人は交わる友、また環境によって、良く

も悪くもなる。―をそそぐ【朱を注ぐ】顔などが真っ赤になるさまのたとえ。


久遠がパスケースを返すために、エレベーターのほうへ向かった後で、響野はコーヒーを飲み、「道を究《きわ》めると人生はつまらなくなるものだな」と言わずにいられなかった。

「どういう意味だ」成瀬が訊き返してくる。

「いや、私のようにプロになると、よそで飲むコーヒーがどうしても味が劣《おと》っているわけでな。自分の淹《い》れるコーヒーと比べてしまう不幸というのか」

「響野、傷つくかもしれないが、おまえの淹れるコーヒーは美味《おい》しくはないぞ」成瀬が言うと、隣の雪子が咳《せ》き込む。「ずいぶん、直截《ちょくせつ》的な言い方を」と感心した後で、「響さんは傷つかないだろうけど」と響野を見てきた。

どうして自分が傷つかないといけないのだ、と響野は思うが、一方で成瀬が何を言ったのか忘れている。

「プロにはプロにしか分からない凄《すご》さというのがあるわけだ。たとえば、楽器でも素人《しろうと》にはほとんど違いが分からないが、一流の者が聴《き》けばすぐに分かるような歴然とした差がある。私のコーヒーも、おまえたちのような一般大衆には美味しくないと感じられるかもしれないが、その道のプロが味わえば」

「おまえの店に、その道のプロが来たのを見たことがない」

「一般大衆にも美味しいと思えるコーヒーを出してあげないと」雪子はすでにラウンジカフェの外に目をやっており、ロビーを眺めていた。鞄《かばん》を持った旅行客が数人集まっている。

「活躍しているなあ」客の問いかけにてきぱきと答えている慎一を見つけ、響野は言う。

「俺たちみたいなでたらめな大人に囲まれていたのに、ちゃんとした若者になったもんだ」成瀬が言う。

「私のおかげかもしれないな。自分の影響力が怖い」

「朱に交わっても赤くならなかったわけね」

「逆だろ。私のように立派な大人になるという意味では、朱に交わって赤くなったことになるわけだ」

「わたし、響さんがどこまでそういうことを本気で言ってるのか不安になることがあるんだよね」

「俺もだ」

「私もだ」

雪子が大きく息を吐き、「久遠が戻ってきたら行こうか」と言う。「長居してると慎一に怒られるし」

その時、頭上の十六階で久遠が、1601号室に押し入った暴漢に転ばされているのだが、もちろん響野たちは知らない。

「あそこで今、慎一に話しかけているのは誰なんだ」成瀬が静かに言う。

見れば、サングラスをしてマスク姿の女性が、慎一に話しかけていた。

「まあ、若干《じゃっかん》、変装気味のただの宿泊客だろ」特に気にする理由もない、と響野は思った。

「成《なる》さん、どこが気になるの？」

「何か隠している気配がある」

「何か？　凶器でも隠しているのか？」

「本心とは違うことを話している顔だろ、あれは」

「嘘だろ？」

「何がだ」

「顔も何も、彼女はサングラスをしているぞ」響野は、成瀬をまじまじと眺める。「表情なんてまるで見えない」どこまで本気なのか。

慎一は丁寧に応対をしながら、周囲を見渡していた。物を捜している様子で、なるほど、あの女性の荷物捜しを手伝っているのか、とは推測できたが、そこでもう一人別の人物が現われた。降って湧いたわけではなく、もともとそのロビーにはいたのだろうが、とにかく慎一に近づいた。

眼鏡《めがね》をかけた背広姿のビジネスマンで、新大陸でも発見したかのような高揚《こうよう》を浮かべていた。慎一と女性のいるところに足早にやってきたと思うと、その女性に指を向け、興奮気味に喋り出した。

「ゼンマイ人形みたいな勢いだな」成瀬は言う。

慎一はといえば、女性とビジネスマンを交互に見ながら、当惑している。明らかに女性側は腰がひけ、困っていた。

「ちょっと私が行って来よう」響野は立ち上がった。

「響野、おまえが行って、どうこうなるものでもないだろう。いや、おまえが行ったら、どうにかなるものも」

「あのな、人間同士のトラブルなんてのは、ようするにコミュニケーションの問題でな、大半は、話せば分かるわけだ。犬養毅《いぬかいつよし》の言う通り」

「犬養毅って、話せば分かってもらえたの？」

「『話せば分かる』という話を分かってもらえなかったんだろうな」響野はすでに立ち上がっている。「すぐ戻る」

「響野、いいか、話せば分かる、わけじゃない。大事なのは、相手の話を聞くことだ。喋るだけじゃ駄目だ」と成瀬が言ってきたが、当然ながら響野は右から左へと聞き流す。

ロビーを進みながら、慎一に、背中側から近づいていく。

ビジネスマンは、「ファンなんですよ。ファンなんです」と繰り返していた。

ファンと言うからには、扇風機や換気扇のファンなのか、と思ったが、男は、そのマスクをつけた女性に求婚せんばかりの熱を向けているため、「ああ、そっちのファンか」と気づく。

「宝島沙耶《たからじまさや》だよね。こんなところにいたとは。ネットニュースだと失踪《しっそう》とか妊娠とか、いろいろ書かれてたけど、やっぱりそうだよね、俺も、妊娠はないと信じていたんですよ」男は手を前に出し、遠くから女性の腹のあたりを撫《な》でるようなしぐさをした。いやらしさはなかったが、身の危険を感じるように女が一歩退《しりぞ》いた。反射的なのか慎一が割って入るようにしたため、男の手が当たる。

「いてて。ちょっと何なの、ホテルマンは仕事してろ、仕事」

「申し訳ございません。あの、お客様はチェックイン手続きをお待ちでしょうか」慎一が必死に答えている。

「関係ないだろ」ビジネスマンは言うが、さすがに関係はあるだろう、と響野は笑いそうになった。

「ちょっと待ってください。どうされたんですか」響野はそこで声をかけ、手を広げるようにする。

ビジネスマンが眼鏡を触りながら、敵か味方かを判断するかのような顔つきで睨《にら》んでくる。慎一は振り返り、苦笑いを浮かべた。邪魔しないでほしい、という思いがありありと見えるが響野は気にしない。

「いやあ、実は私もファンだったのですよ。こんなところで会えるとは、と感動を」話を合わせることにした。

「ああ、同じ宝島沙耶ファンですか。俺のほうがファンだろうけど」

「私は昔からスティーブンソンの小説が好きだったんですよ。病弱でありながら、いや、病弱だからこそと言うべきですかね、さまざまな冒険譚《ぼうけんたん》や不思議な物語を生み出して」

「何の話?」ビジネスマンが怪訝《けげん》な顔を突き出した。

「『宝島』の話じゃないのですか? スティーブンソンの」

「馬鹿にしてるの? 宝島沙耶だよ。ほら、変装してるけど、絶対そうでしょ」

響野はそこで、「ああ、はいはい」と話を合わせる。「宝島さんね。そうそう、あの、例のあれで有名な」

「アイドルで女優」むっとしながらビジネスマンが言う。

「その通り！　アイドルで女優の！」アイドルなのに女優、というべきなのか、アイドルかつ女優、というべきなのか。響野はその有名人を知らなかったが、改めてそういう目で眺めれば、マスクの女性は一般人とは佇《たたず》まいが異なるように思えるから、不思議なものだった。

「雲隠れした、とかでニュースになっていたけれど」

「ええ、そうだった。アイドルで女優で雲隠れ」

女性は対応に困っている。慎一も同様だった。ビジネスマンをどうやったらここから立ち去らせることができるのか、そのような呪文があるのならいくらかで買い取りたい、という思いがありありと浮かんでいる。

「実はですね」響野はそこで指を立て、ビジネスマンに向き合う。「これ、テレビで撮られているんですよ」

「え？」

「彼女が変装してね、いったいどれくらいの人が気づくかどうかを撮影しているんですよ。まあ、その準備のために雲隠れをしていたとも言えるんですが。とにかく、あなたが初めて見破りましたよ」

ビジネスマンは目を大きく見開き、「え、本当に？」と周囲をきょろきょろと窺いはじめる。

「本当ですよ。いやあ、まいりました。あなたがたぶん真の宝島沙耶ファンということは、これで証明されたことになりますね」

果たしてこのような嘘で騙《だま》されてくれるのかどうか、それ以上に、このような嘘でこの後どうやって収拾《しゅうしゅう》をつければいいのか、響野にはまったく分からなかったが、思いつくがままにだらだらと喋っていればどうにかなるものだ、と経験から知ってもいた。

しばらく無言だった男は少しして、「そんな嘘」と言うが早いか、鋭く手を動かし、女のサングラスを奪い取っている。

女が小さな悲鳴を上げ、慎一がとっさにビジネスマンの腕をつかもうとするが、ビジネスマンはそれをすり抜け、速足で出口へと向かった。

フロントのほうから、ようやくこちらのトラブルに気づいたのかスタッフが二人、目を三角にして、やってくる。

響野は、ビジネスマンを追っていた。「人のサングラスを持って行ったら、泥棒だぞ」

男は聞く耳を持たず、ホテルから出ていこうとするため響野は先回りをする。男は方向転換をし、今度はエレベーターのほうへと急ぐ。響野も追った。「ちょっと話を聞いてくれ。そのサングラスを持って行くのはやめたほうがいい。それを盗んで生きて帰れた人間は今まで三人いるが、その三人がどこにいるか知っているか」と口から出まかせで呼びかけるが、相手に届いているかどうかも分からない。「おい、知ってるか？　三人とも」息を切らせながら、続けるべき言葉を、大喜利《おおぎり》の回答よろしく必死に考えるが、思いついたのは、「墓の下だ」という何の面白味もない言葉だった。「墓の下なんだ」

フロント周辺はさすがに、このどたばたに気づいており、客たちも何事かと遠巻きにしている。

するとビジネスマンは、「助けてくれ。怪しい男が追ってくる」と大声を張り上げた。怪しいのはどっちだ！　響野は内心で叫んだが、直後、体が急に固まったようになる。二人の男が腕と腹回りをつかんだらしい。あっという間に倒され、うつ伏せに床に寝そべる恰好になった。

「ちょっと待ってくれ。私が何したって言うんだ。話せば分かる、話せば分かる」と繰り返すが、言葉が届いている感触がまったくない。

前方、数メートル離れた場所でエレベーターが到着した音がした。はっとし、うつ伏せのまま顔を上げると、久遠が立っており、明らかに困惑した表情で響野を見下ろしている。「助けてください、久遠様」と言った。

「ほら、響野さん、片脚ずつ畳まないと、倒れちゃうのに」

ほどなく誤解は解けた。響野を取り押さえた客たちはもちろん悪気《わるぎ》があったわけではなく、「怪しい男」と称された響野をまずはどうにかしなくては、と善意で動いたに過ぎず、事情が分かるとひとしきり謝罪してきた。

「結局、何だったんだ、あれは」ロビーで慎一のまわりに集まったところで成瀬が言う。

「僕もよく分からないんだけど」と慎一は頭を掻く。「さっき、あの人に、荷物を捜していると相談されて」

「それが、宝島何とかっていうアイドル兼女優だったらしい」響野は言う。「そのファンがたまたまここにいて、しつこく絡《から》んだってわけだ。で、私が芸術的な仲裁《ちゅうさい》に入ったところ、観念したのか、その女のサングラスをひったくって逃げた。あいつは宿泊客だったのか?」

「どうなんだろう」慎一は首をひねる。

「本当にその、宝島何とかって人だったの?」久遠が訊ねる。

「僕にはちょっと分からないけれど」という慎一は本当に知らないようにも、もしくは、守秘義務として白《しら》を切っているようにも見えた。どちらにせよ、ホテルのスタッフが、その女性を匿《かくま》うようにどこかへ連れて行ったのは事実らしかった。

「そのアイドルは雲隠れをしていて、ニュースになっていたんだと。だからファンが見つけて、興奮したわけだ」

「何で隠れてたんだろ。仕事が嫌になったのかな。しかもホテルで休んでるなんて」

「たぶん、ホテルに缶詰で漫画でも描いていたんだろ」響野は頭に浮かんだことをそのまま口にする。

そうこうしているうちに慎一がスタッフに呼ばれ、フロントの奥に消え、そうなると先ほどの小騒動はまったくなかったかのような気配になった。

「久遠、そういえば、記者のパスケースは無事に返せたのか？」成瀬が訊ねる。

「あ、それがさ、大変だったんだよ。火尻さんを襲う男がいて」

「襲う男？　何だそれは」響野は眉をひそめずにいられない。「私じゃないぞ」濡れ衣《ぎぬ》はまっぴらだった。

「覆面を被った男だったんだ。ここで喋るのも何だから、帰りの、雪子さんの車の中で話すよ」

ホテルの外へ向かう。自動ドアの直前で、「あ、久遠兄ちゃん」と後ろから声がした。振り返れば、先ほどラウンジカフェで会った、久遠の友人と呼ぶべきだろうか、少年がいて、「また、動物園でね！」と手を振っていた。嬉しそうに挨拶《あいさつ》を返す久遠は立ったまま片脚を組むようにしており、偶然ではあるが、フラミンゴの姿勢を思わせた。

‖ 成瀬 Ⅱ ‖

まいる【参る】①「行く」「来る」の意の謙譲《けんじょう》語。動作の及ぶ相手を敬《うやま》う。「また明日二時に―・ります」②「行く」「来る」の意の丁寧語。③神社・寺院や墓へ行って拝む意の謙譲語。もうでる。参拝する。④「行く」「来る」意の尊大語。⑤相手の力や能力に負けて降参したということを相手に表明する語。「おみごと、

―・りました」⑥事態に対応できなかったりして、困惑・閉口している気持ちを表わす。「彼は、ぞっこん、という表現を使うから―・るよ」⑦困難な状況にあって、肉体や精神が弱る。「徹夜続きで体が―・ってしまう」⑧（多く相手を卑《いや》しめて）死ぬ。⑨ある異性にすっかりほれる。「彼は奥さんにぞっこん―・っている」


「パンダってなかなか難しいんだよ」桜木町駅から徒歩で十五分ほど行ったところにある、六十年以上前からある動物園、そこの入り口を進んで少し行ったあたり、レッサーパンダがうろつくのを眺めながら、久遠が言った。

「難しい？　気難しいという意味か？」と答えたのは成瀬だ。

「何科の動物なのか、って昔から議論されているらしくて。食肉目《しょくにくもく》に属するんだけど、クマ科だ、って人もいれば、アライグマ科、って人もいて、実際、レッサーパンダは二千三百万年前にアライグマ科から分かれたらしいんだけど、ジャイアントパンダのほうは化石が出ていないからはっきりしないらしいよ。レッサーパンダもジャイアントパンダもパンダ科に分類されてはいるけど」

「だが、それも別に、彼らには関係がないんだろ。人間が勝手に分類したいだけで、パンダたちには影響がない」

「人間は、分類して、レッテルを貼って、管理するのが得意だからね。地図作りが本能みたいなものだよ」

「俺みたいな管理職は、人間ならではなのか」

「でもさ、平日に動物園に来られるなんて、いい職場じゃない」

「これだって仕事だ」

動物園に市民を案内するイベントがあり、関係部署の課長であるところの成瀬は下見にやってきた。同行してきた部下が別件で先に役所に帰った後、久遠がいたりしないだろうな、と周囲を見渡していると、本当にいたものだからさすがに成瀬も驚いた。

しかも、緑の葉を茂らせた大きな木の下にしゃがんでおり、何をしているのかと思って近づいてみれば、落ちた栗の実を眺めていたのだ。

「何をしてるんだ」と訊ねるとゆっくりと振り返り、「成瀬さん、こんなところで」と立ち上がった。「この毬《いが》って痛いんだよ」と棘の伸びた外皮をそっとつまむようにした。

「栗を持って帰っていいのか?」

「いいんじゃないのかなあ。駄目かな。前に別の公園で会った子供がさ、栗の毬を見たことないと言ってたから持って帰って、見せてやろうと思って」と言いながらも久遠は結局、栗の毬は拾わずに歩きはじめ、当然のようにレッサーパンダのいる場所までやってきた。

「本当にここが好きなんだな」

「日課だからね」

「そのうち動物と喋れるようになるんじゃないのか」

「怖くてやだよ」「怖い？」

「動物が抱えてるつらさとか恨《うら》みとかが聞こえたら、大変だしね」

「確かに」

「もしかすると向こうも、僕たちのことを分類しているかもしれないけれどね。ヒト科非常識類強盗属とか。響野さんは、虚言癖群《きょげんへきぐん》さわがしい属とか。あ、そういえば成瀬さん、僕ね、すごいことに気づいたんだけど」

「何だ」

「二〇〇二年にカカトアルキって虫が発見されたの知ってる？」

「カカトアルキ？」

「バッタみたいなんだけど、その足が、つま先が上がっているような形だから、カカトで歩いているように見えるんだ」

どうして虫や動物のことを話すだけで、こうも楽しそうなのか成瀬には理解できなかった。「面白そうだな」と言ったのは、その新種の虫のことではなく、それを生き生きと話す久遠についてだった。

「それがすごい発見で」

が、その先は聞くことができなかった。後ろから、「やあ、こんなところで」と少し乱暴な声が聞こえてきたからだ。

振り返ると暗い色のツイードジャケットを羽織った、背の低い男がいた。平日の動物園には不釣《つ》り合いに見える。笑ってはいるが、目つきは悪い。どこかで見た男だと思い、記憶を辿《たど》ろうとしたところで久遠が、「あれ、びっくり」と言った。「火尻さん、奇遇《きぐう》だね」

慎一がアルバイトをしているホテルにいた記者、ミスター〝小銭を拾えない男〟だ。

「いやあ」と火尻は別段、痒《かゆ》いでもないだろうに、頭を掻くようにした。笑ってはいるが、親しみを感じさせない笑い方だ。「こんなところで久遠君にまた会えるなんて。偶然の神様に感謝だ。この間は本当にありがとう」

成瀬は、火尻が嘘をついていることはすぐに分かる。そもそも徒歩で来なくてはならぬようなこの動物園に偶然やってくるはずがなく、では、どうして久遠の居場所が分かったのかと可能性を考えるが、見当はすぐについた。が、それを口にするのは得策ではないとも判断できる。

「あの後、火尻さん、大丈夫？　誰かに襲われていない？」

「襲われていたら、こんなふうにやってこられないよ」火尻は手を広げる。図々《ずうずう》しくも、どこか滑稽《こっけい》な親戚の叔父、といった風情《ふぜい》だったが、くわえて、皮を剝《は》がせば何層にも魂胆《こんたん》が隠れているようにも見えた。食えない、という表現が浮かぶ。「いや、また会えて本当に良かった。名刺も渡せていなかったからね」

火尻はそう言うと、ポケットから名刺を取り出し、久遠に渡す。

「あの犯人は誰だか分かった？」

「犯人？　ああ、あれはもう、気にしていないよ。たぶんたまたま、ルームキーを拾って、金目のものでも盗もうとしたんじゃないか」

「でも、マスクまで用意していたし」

「ええと、久遠君はそういうのに詳《くわ》しいのかい？」火尻の顔が意地悪そうに色を変える。

「そういうの？」

「泥棒とかの犯罪についてだよ。強盗とか」

「どういう意味?」と訊き返す久遠は、本心から意味が分からないようだった。

「いやね」火尻が声の調子をそこで、変える。「俺は今、まいっちゃっていてね」

「まいっちゃってる? 誰に?」久遠がすぐに訊く。誰かに惚《ほ》れている、という意味だと捉《とら》えたのかもしれない。

「あのホテルで俺は特ダネを狙っていたんだが」

「ああ、言ってたね。あれ、別の記者に先を越されちゃったの?」

「いや」火尻はまた頭を搔く。出し惜《お》しみしているのか、それともどこまで情報を出すべきなのか悩んでいるのか。「ほら、君も知っているかもしれないが、あのホテルに宝島沙耶というアイドルが泊まっていた」

「ああ! いたね」

「行方《ゆくえ》の分からない彼女をやっと見つけて、記事にしようと思って、あの部屋に泊まることにしたんだ」

宝島沙耶はあの後すぐに、世間に姿を見せることになった。ロビーで起きた騒動、ファンに発見され、サングラスを取られた事件はそれほど大きなニュースにはならなかったが、さすがに身を隠すのは限界だと判断したのか、ほとんど日を置かず、記者会見を開き、「海外映画からオファーが来ていたため、プレッシャーで気持ちが落ち着かず、逃げ出すような形でホテル生活をしていた」と説明をしていた。多方面から批判されていたらしいが、謝罪時の態度が誠実だったからか、それほど非難は尾を引かなかった。と成瀬は、響野から聞いた。響野は、たまたま本人に会えたことをきっかけに急造のファンのようになり、彼女について詳しくなっていた。

「本当は、あのネタを高く売って、儲《もう》けるつもりだったんだけどな。そういう記事が欲しいと言ってる媒体があってさ」

火尻をじっと見つめれば、嘘をついていないのは分かる。

「当てが外れたわけだね。でも、どうしてあのホテルに宝島さんがいるって知ってたの」

「それはほら」火尻は渾身《こんしん》の決め台詞《ぜりふ》を発するかのように、一呼吸置いた後で、「情報源の秘匿《ひとく》だよ」と言った。「あ、ところで、君の怪我はどうだい」

「怪我？」

成瀬は咄嗟に、久遠の左手に視線を向ける。

「ああ、これ？　まだもう少しだよ。ほとんど治ってるけど」久遠は巻かれている包帯をさするようにした。

「この記事はもう読んでるかな」火尻がそこで週刊誌を取り出し、ぺらぺらとめくりはじめる。明らかにこの状況は自分たちにとって好ましくないと成瀬は理解していたが、とはいえ、ここで中途半端に退散するのは事態を余計にややこしくする読みもあった。相手のカードは予想できても、まずは相手にカードを開かせるしかない。

久遠に突き出された記事に、成瀬も横から目をやる。白黒ページの、細《こま》かい記事がいくつも並ぶ中に、「銀行強盗の左手に注意！」という見出しがあった。

銀行内にいた警備員は自己承認欲求が強かったのか、あちらこちらで自分の活躍ぶりを発表している様子で、「私が投げた警棒で、銀行強盗の一人は左手に怪我を負った！」と触《ふ》れ回っているらしく、記事はどちらかといえば、その警備員のはしゃぎぶりを揶揄《やゆ》する趣《おもむき》もあったが、とにかく火尻がこの記事と久遠を結び付けているのは間違いなかった。

「火尻さん、僕がそんなに物騒なことをやる人間だと思う？　銀行強盗といえば、相当、マッチョな犯罪だよ」久遠は目を細める。レッサーパンダに似た顔になった。

「人は見かけによらないというのも事実でね」火尻は、銀行強盗だと疑っていることを隠そうとしなかった。「俺が取材してきた相手でも本当に、『え、こんな人が』みたいなことは多かったんだ。やけに影が薄くて、もやしみたいな若者がね、大の大人がぶっ飛ばされるくらいの暴れ方をしたり、真面目で、礼儀正しいお嬢様が売春組織を運営していたりね。もっと言えば、犯罪に遭った被害者のほうだって聖人君子《せいじんくんし》なわけがない」

そこで火尻が言葉を止めたため、何事かと成瀬は思ったが、どうやら電話がかかってきたらしかった。火尻はスマートフォンを取り出し、発信者名を見た後で舌打ちをし、耳に当てた。先ほどまで成瀬たちに見せていた顔とはうってかわり、不機嫌極《きわ》まりない表情になっていた。こちらが彼の本質的な性格なのだろうとは想像できる。

「だから！」火尻は電話の相手に怒っている。成瀬たちへのアピールというよりは、成瀬たちがいることも忘れ、感情的になっているだけだ。「俺が持ってったネタを使えって。そうだろ？　俺の持ち込んだネタを料理すりゃいいんだよ！」

記事の内容についての相談だと成瀬にも想像がつく。人の不幸やスキャンダルを、「ネタ」と呼ぶ時点で、この男のスタンスが分かる。他人の人生がどうなろうとあまり気にならないのだ。

「誰から電話？」話し終えた火尻に、久遠が訊ねた。

「ああ、今のは俺が使ってるライターなんだよ。まったく使えない」

「使えないのに、使ってるわけだね」

「俺がネタを送って、そいつが原稿に仕上げるんだが、ああだこうだと細かいことを言ってくる。まったく。こっちの言うこと聞いてればいいのに、ああだこうだと言い返してくるからな。で、何の話だったたか。ああ、そうだ、人は見かけによらないって話だよな」

「被害者も善人とは限らない、という話」

「そうだ、その話だ。通り魔犯に切りつけられた女を調べていたら、いかにも清純そうなOLなのが、実は風俗店で体を売っていたと判明したこともあってな」

「別に、風俗店で働いている人間とほかの人とで違いがあるとも思えないけど」久遠が言う。

「久遠君はまっすぐだなあ」火尻の言い方は、若者の純粋さを小馬鹿にするようだった。

久遠の言葉を捉えちがえているのだな、と成瀬は思う。人はみな心が美しい善なる存在、と考えているのではなく、むしろその反対、人間はもうどうしようもない、と久遠は諦めている。

案の定、久遠は、「風俗店で働いていようが、外務省で働いていようが、大した違いはないよ。どんな人間もろくでもない。ここにいる動物たちに食べられればいい」と園内をぐるりと指差した。「もちろん、僕もね。でも火尻さん、わざわざそんなことを言うために、ここに来たの？　あ、違うか。偶然だったよね。偶然この動物園にやってきて、僕と会って、しかもその週刊誌を偶然持っていたというわけ？　火尻さんも動物好きなんだ？」

「いやあ、そういうわけではなくてね。動物を食べるのは好きだけれど」火尻はにやにやと笑った。

「ここには食べられない動物も多いよ」久遠がぐるりとまわりを指差す。

「いや、俺はゲテモノ食いで有名でね。人が食えないようなものでも、探せば、どこか食える部分はあるものなんだ」

「へえ」

「いや、会えて良かったよ。この間のお礼を言えた」と言うと、「じゃあまた」と背中を向けて、出口へと歩いていく。

「また会いにくる気満々だな」

「動物もろくに見ないで」と久遠は不満げに唇を尖《とが》らせた。「でもさ、何で僕がここにいると分かったんだろ。僕の名前も知っていたし。火尻さんの調査能力、恐るべし」

「それはたぶん」

「え、分かるの」

　火尻が、久遠に会ったタイミングはあの時のホテルしかなかった。自分がもし火尻だとすれば、どこから久遠の居場所を探《さぐ》れるか。久遠はもともと、成瀬たちですらどこに住んでいるのか分からぬ、野良猫じみた生活を送っているため、尾行や調査をするにしてもかなりの労力が必要になる。何のヒントもなく、居場所を捜し出すのは至難《しなん》の業《わざ》だ。それにもし、久遠をつけて家が分かったのであれば動物園にまでわざわざ来る必要はなかっただろう。ようするに、火尻が手に入れた情報は、「久遠は動物園によくいる」というものに過ぎず、だからここに来たのだ。そして、「久遠は動物園にいる」ことを知っているのは、成瀬たちを除けば、限られている。「あの時、ホテルで会った子供だろうな」

「え」

「あの時、おまえに話しかけてくれた子がいただろ。帰りにも手を振っていた。火尻はそれを見たのかもしれない」

「あの時、火尻さんは十六階にいたはずだよ」

「ロビーでの宝島沙耶の騒動を知って、降りてきていたんじゃないか」

「十六階から察知して？」

「宝島沙耶があのホテルに泊まっていて、しかも同じ階に火尻は部屋を取っていた。たぶん、ホテルのスタッフの中に、火尻に融通《ゆうずう》を利かせている者がいるんだろ」

「え」

「憶測《おくそく》だ。そうだとすれば、ロビーで宝島沙耶関連の騒動があった時、火尻に連絡した奴がいてもおかしくない」今ちょっとした騒ぎが起きてますよ、取材のチャンスじゃないですか、と。

「火尻さんはそれで、すぐにロビーに降りてきて」

「すでに宝島沙耶の姿はなかったが、かわりに、子供がおまえに手を振っていた。『また、動物園でね』とな」

火尻は子供に近づいて、今のお兄ちゃん知り合い？　とでも訊ねたのかもしれない。子供は訝りながらも、久遠兄ちゃんはいつも動物園にいるんだ、と答え、その園名も口にした可能性はある。つまり名前もそこからばれている。

「でもさ、あれからずいぶん経つよ。僕は最近もしょっちゅう動物園に来ていたから、もしあの時にここが分かっていたならもっと早く接触してきても良さそうだけど」

成瀬は小さく息を吐く。「考えたくはないが、もっと前に、ここでおまえを見つけていたのかもしれないな」

「どういうこと」

「しばらくは、おまえには声をかけず、行動を観察していたんじゃないか。もし、銀行強盗だと疑っているなら、ほかの仲間と接触するのを待っていた可能性もある」

「ほかの仲間」と久遠は、成瀬を指差した。「成瀬さんのことも疑ったかな」

「どうだろうな。名刺を渡さなくて良かった。最近、雪子と響野には会ったか？」

久遠は頭の中で日記を開くような顔をした後で、「一昨日《おととい》、雪子さんに会っちゃったなあ」と悔やむように言う。「雪子さんの家の近くで迷い犬がいたらしくて、捜すのを手伝ったんだ」

「そうか」

「犬は見つからなくて。どこに行ったんだろ」

「そうか」

「まずいかな。その犬、結構、凶暴らしくて、走ってる人がいると足に嚙《か》みつくくらい」

「犬はまずくないさ」成瀬の胸には、爽《さわ》やかとは言い難《がた》いもやもやとした煙が浮かぶ。

「まずいのは、火尻が雪子のことも調べていたら、という点だ」

「だけど、火尻さん、僕たちを調べてどうするつもりなんだろ」

「宝島沙耶の特ダネを逃して、金をもらいそこなったぶんを、埋め合わせするとか」

「僕たちの記事、そんなにお金になるかなあ」

「記事にはしないのかもしれない」

「じゃあ、どうするの」

「俺たちが、違法なギャンググループだとするなら」

「万が一ね」

「そこから金を奪っても、警察には届けないだろう、と考えたとしてもおかしくない」

「僕たちからどうやってお金を」

「そこまでは分からない。とにかく、火尻はお金に困ってるんだろ。まいってる」

「世の中のトラブルの九十パーセントはお金が原因らしいからね」

成瀬は、イギリスの政治家の言った有名な台詞を思い出す。「嘘には三種類ある。嘘、大嘘、そして統計だ」

「たぶん」久遠が言った。「それ自体が、嘘だよ」

＝雪子《ゆきこ》Ⅰ＝

あたる【当たる・当る・中る】①動いていった物が、他の物に勢いよく接触する。ぶつかる。「うちの車に―・ったんだけれどどうしてくれるんだ！」②投げたり撃ったりした物が、ねらったとおりの所に行く。うまく命中する。③光・雨・風などの作用を受ける。④物や体の一部に他の物が強く接触し、その結果、傷が生じたり痛みなどを感じたりする。⑤くじ引きなどで、賞を得ることに決まる。⑥予測・判断が現実とぴったり合う。

「計算したら、びっくりしたんだ」助手席にいる慎一が言ってくる。

雪子は、日が落ちた車道の三車線の中央を走行しながら、「計算?」と訊き返す。「大学生になったらすっかり勉強はやめたと思っていたけれど。計算なんてするの? バイト代の計算?」

「母さんが俺の年くらいの時には、もう俺を産んでたんだ」

「それってそんなに難しい計算じゃないよ」赤信号で停車する車の列に並ぶ。信号のタイミングは頭に入っており、家から慎一のバイト先のホテルまでの地図も頭に入っているため、停車を最小限にし、ほとんど止まることなく向かうこともできたが雪子はそうしなかった。大学生となった慎一と一緒にいる時間はなかなか確保できず、それをわざわざ減らすこともない。成り行き任せで、信号で停まるのも気にしない。

「俺に今、子供ができたら、と考えるとぞっとするよ」

「どういう意味で」

「だって、まだまだいろんなことをしたいじゃないか。なのに、子育てをするなんて」

雪子は笑わずにはいられない。「わたしはあまり深く考えなかったからね。確かに、わたしの二十代は、どこかの誰かを育てるのでいっぱいいっぱいだったけれど」

「どこかの誰かも悪気はなかったと思うよ」

「でも、何もかも我慢してきたわけではないから。良いことのほうが断然、多かったしね。慎一に申し訳ないと思うのは、父親が駄目な男だったことだよ」

「その人がいなければ、今、俺は存在していないわけだから」

「遠いご先祖様に感謝するくらいの感じで感謝してもいいかもね。そのご先祖様がどんな悪いことをしていても、今のあなたにはそんなに関係がない」

普段、慎一はアルバイト先であるホテルまでバスを使い、一人で行くのだが、大学からの帰りが遅くなってしまったがためにぎりぎりの時間となってしまい、たまたま家にいた雪子が送っていくことになった。

子供をバイト先まで送っていくような親になるとは、昔の自分が知ったら、落胆《らくたん》するだろう。過保護だ！　と軽蔑《けいべつ》する可能性もある。

でもまあ、子供が困っていて、自分が助けられそうなことがあれば、さらには子供が拒否しないのであれば、やってあげたくなるものなのだ。雪子は内心で、十代の自分に反論するが、呆れた面持《おもも》ちで相手が首を傾げるのも見えた。

「あ、そういえばこの間話した、教習所で会った子のことだけれど」助手席で隣を行く車を見ながら、ついでを装《よそお》いながら、慎一が言った。

「教習所？　誰のこと？」

するとと慎一が、「あ」とこちらを振り返る。「その話をしたの、祥子さんにだった」

「で、教習所がどうしたの」

「何でもない」

「知り合った女の子がいたわけ？」

「男だよ」慎一が慌てて否定するが、成瀬でなくとも、その表情から嘘をついていることは見抜けた。雪子は苦笑しながらもそれ以上は追及しなかった。無理やり相手に白状させても後味が悪く、祥子に訊ねれば教えてもらえるだろうという算段もあった。

後方の車の怪しさに気づいたのはそのすぐ後だ。信号待ちが終わり、するすると車は走っている。

はじめは後続車両の黒い車がずいぶん車間距離を詰めているな、と思った。バックミラーでは運転手がよく見えなかったが、男なのは分かった。それからフロントガラスを見る。前方車両の速度が不規則なのも気にかかる。自分の車の走るスピードと車間距離からすると、加速や減速が自然ではなかった。

いつからだ、と記憶を辿る。

前の車はこの通りに入った後、右車線から入ってきた。はじめはすぐ後ろにいたのが、急に追い抜いていったのだ。

当たり屋か。後ろの車が接近して圧迫感を与え、アクセルを踏ませる。そのタイミングで前方車両にぶつからせるつもりなのだ。二台が共謀しているわけだが、その後で、脅しすかしを駆使し、お金を得ようとするのだ。「ぶつけてくれたな。どうしてくれるんだ」と。

女性は運転が下手だ、という先入観でもあるのだろうか。甘く見られたな、と雪子は屈辱を覚える一方で、ふつふつと闘志も湧いてくる。

「慎一、ここまで来たらホテルまでは歩いて行ける?」

前の車両との距離に意識をやる。相手はブレーキランプが光らぬように、エンジンブレーキとハンドブレーキを駆使するだろう。周囲に目をやる。

左車線に路上パーキングが設置されているエリアに入っていた。そのため三車線のうち左車線は駐車する車で埋まっており、実質的には二車線と言える。右側車線も車が多く、そちらに避けるのも容易ではない。

ここで自らが思い切りブレーキを踏み、後続車両にぶつからせる選択もあった。が、それはそれで面倒ではある。自分の車が傷《いた》むし、相手が大人しく弁償《べんしょう》に応じない可能性もある。

「まあ、行けなくはないけど。え、ここで降りるの?」

「悪いけど、そうしてくれる? あ、すぐに降りられるように後ろの席に移動して。運転席の後ろ」

「え? 降りやすいように後ろに? どういう意味?」

「早く。後ろに座ったらベルトをして。あと十秒以内」

慎一は判断が早かった。雪子の言い方からそれが冗談ではないこと、そもそも母親が冗談を口にするタイプではないことを知っていたからだ。とくに、「時間をカウントしている」場合には、重要なことが起きる前触れだ。慎一はシートベルトを外すと、運転席の横から後ろへと移動し、右側座席に腰を下ろした。雪子は少しブレーキを踏み、前との距離を開ける。

「ベルト締めた?」「今。あ、でも」「どうかした?」

「このまま路肩に停めるなら、助手席側にいたほうがすぐに降りられるんじゃないの?」

歩道は左側にあるのだから、当然そうなると慎一は思ったのだろう。説明しようとしたが、タイミングを考えると余裕はなく、「車回転するから」と言い、それと同時に、意図的に開けた車間距離を詰めるように速度を上げ、ブレーキを踏んだ。ハンドルを切っている。

　左車線の路上パーキングに一台分空《あ》きがあり、雪子は左回りに反転させ、Uターンを鋭《すべ》く、ほとんどVの形を描くような角度でやり、進行方向とは逆を向かせる恰好で車を滑り込ませ、路肩脇に駐車させた。

　タイヤから煙が立つようだ。

「じゃあ行ってらっしゃい」雪子は言う。

　慎一は突然の百八十度回転に、息を飲み、硬直していたがその言葉にはっとしたのか、外に出ようとし、ベルトに一度引っかかったあとで、慌てて解除し、外に出ていった。

　さて、と雪子は運転席から降り、歩道から先ほど自分を前後で挟《はさ》んでいた車両を捜す。すでに前に行ってしまっており、運転手たちの表情は見えないが、おそらく意表を突くことはできたに違いない。今後、同じような悪戯《いたずら》、当たり屋をやろうとする際には、前の車が唐突にドリフト駐車をやるかもしれない、と警戒心が過《よぎ》るのではないか。

　また車に乗り込む。反対向きに停まっている車を不審そうに眺める通行人もいたが、通行車両の合間《あいま》を狙い、雪子は車を発進させる。一度、逆走させた後でUターンをし、まっすぐに戻す。

当たり屋に目をつけられたことが不愉快でならない。

赤信号でブレーキを踏むが、そこで、先ほど降ろしたばかりの慎一から電話がかかってきた。

「どうしたの」

「気のせいかもしれないけど、つけられてる」

「何それ」

「背広を着た男がついてきてるんだ」

「教習所で知り合った人じゃなくて?」

＝久遠 Ⅲ＝

いん‐ねん【因縁】①仏語。物事が生じる直接の力である因と、それを助ける間接の条件である縁。すべての物事はこの二つの働きによって起こると説《と》く。②前世から定まった運命。宿命。「出会ったのも何かの—だろう」③以前からの関係。ゆかり。「父の代から—の深い土地」④物事の起こり。由来。理由。⑤言いがかり。

背の低い老人が小さな交差点でぼうっと立っているのは、久遠も分かっていた。生気が感じられないため、貧血でも起こしたのか、意識が薄れているのかと気になり、とはいえ動物ならまだしも人間に優しくする必要もないだろう、と脇を通り過ぎかけたのだが、そこでその老人が、「あの」と声をかけてきた。蠟《ろう》人形が唐突に動いたかのようで、久遠は少し驚く。

「道を教えてほしいんだけれど」老人は言ってくる。

「ハシビロコウみたいにじっとしているから、どうしたのかと思った」

「ハシビロ？」

「ぜんぜん動かない鳥だよ。寝癖《ねぐせ》がついたみたいな頭をして、くちばしが大きい革靴《かわぐつ》みたいな。知らないの？」

「病院の場所が分からなくて」

「病院？」

交差点の信号を見ながら、久遠は周囲を見渡す。「何病院？ 動物病院の場所なら分かるんだけどなあ」

老人は、整形外科の名前を口にする。久遠は仕方がなく、その場でスマートフォンを取り出し、地図検索をはじめた。該当の病院を見つけることはすぐにでき、「あ、ここみたいだよ。今いるのがここだから」とスマートフォンの画面を見ながら、老人に近づいた。

老人がそこで揺れた。お辞儀をしたのかと思ったがそうではなく、その場にうずくまったのだ。何事が起きたのかと久遠は一瞬、呆気に取られた。放っておくわけにはいかず、「あ、大丈夫？」と声をかける。老人は胸を押さえ、無言のまま深く呼吸をしていた。

「おいおい、何してくれたんだよ」

行儀《ぎょうぎ》が良いとは言い難い声が後ろから聞こえてきて、はっとし振り返ると、見知らぬ男がいて、あっという間に蹴《け》られた。腰を屈《かが》める姿勢だった久遠はそのまま路上に転がる。久遠は体を丸め、次の蹴りを警戒する。案の定、足が飛んでくるため転がって避けた。勢いをつけると跳《は》ね起きた。

向き合った男は口まわりにマスクをしている。黒のスーツ姿だった。いつの間にか立ち上がっている老人の横にいる。

「おまえ、この人に怪我させただろ」と言ってきた。

「え？　僕が？」

「背中を叩いたのを、俺は見たぞ」

「ハシビロコウを叩くわけないじゃないか」

「だいたい、誰？」

「俺はこのじいさんの知り合いだよ」

「じゃあ、ちゃんと整形外科に連れて行ってあげなよ」

関わり合うのは得策ではない。それくらいのことは分かったため、久遠は立ち去るために体を翻したが、すると前から別の背広の男が近づいてくる。肩幅がずいぶんある。武器こそ持っていないが、腕っぷしが立つのは疑う余地《よち》がない。

「ちょっとどういうこと？」久遠はもう一度、最初の男に向き直り、言った。

「いいから、おまえ、慰謝料を払えよ」

「何の慰謝料」

「このじいさんのだよ。怪我しただろうが。これから病院に連れて行くからよ。連絡先を教えろ。免許あるだろ、出せよ」

「連絡先も免許もないって」久遠は、「何もない」を表現するために両手を挙げた。

後ろからやってきた男が何の断りもなく、久遠のボディチェックをはじめようとする。

「いきなり触って、噛みつかないのは人間くらいかもしれないよ」久遠は言って、体を振る。

「動くなって」後ろの男は言うと、久遠を羽交《はが》い締《じ》めにするようにした。

前に立つ男が寄ってくる。「財布くらいは持ってるだろ」

老人を痛めつけたから慰謝料を払え、という言いがかりには無理があるが、頼りなさそうな若者であるから、脅せば怯《おび》えて金を出す、と踏まれたのかもしれない。簡単には逃がさないために免許証などで個人情報を手に入れようという魂胆なのだろう。

腕に力をこめたり、上半身にひねりを入れたりしながら、羽交い締めにしている男の反応を確かめる。それなりにがっしりとしており、力は強そうだった。

それから前に立つ男を観察する。

顔は痩《や》せ、髪は短い。細身の体型だが手は長く、俊敏《しゅんびん》そうではあった。スーツ姿のせいか、若い会社員に見えなくもないが、目つきがかなり悪い。そもそも、いまだにぼうっと立っている老人も普通には思えなかった。おどおどした様子ながら、男二人に囲まれている久遠を目にしても、とくに反応を見せない。操り人形じみている。この男たちに強制的に協力させられているのだろうか。

「ポケットの中、調べてみろ」後ろの男が言う。

言われるまでもない、と前に立つ男が、久遠のパーカーのポケットを探ろうとした。

「待って。痛い目に遭うよ」

「威勢がいいねえ」と後ろの男がからかい口調を漏らした。

久遠のポケットに手を入れた男が、「痛い！」と鋭い声とともに、腕をものすごい勢いで引いたのはその後だ。

隙を久遠は逃さない。唐突な悲鳴に後ろの男も混乱し、力が緩んだ。自分の踵《かかと》を後ろに振り、男の脛《すね》を蹴る。呻く男から離れるとすぐに右腕を鞭《むち》のようにし、相手の顎《あご》を狙う。さらに前にいる男のみぞおちも蹴った。

振り返って、後ろの男を叩き、また振り返って前の男を蹴り、もはやどちらが前でどちらが後ろかも分からぬほど、くるくると攻撃をしかけた。

男二人がうずくまった後、久遠は老人に近づいて、「大丈夫？」と声をかける。

老人はさすがに目を丸くし、混乱している様子だった。

それじゃあ、と久遠は挨拶をし、その場を離れる。「だから痛い目に遭うよって言ったじゃないか」と男たちに言い残した。

ひょう―てき【標的】①射撃や弓術《きゅうじゅつ》などに使うまと。②攻撃目標。ターゲット。「敵の―になる」③手本・模範・目標とするもの。

‖成瀬Ⅲ‖

成瀬が乗っている列車はそれなりに混んではいたが、吊《つ》り革につかまる乗客がぎっしり詰まっているほどではなく、つまりいつもの通りだった。

育児休暇を取ることになった男性職員をまじえた飲み会があり、その帰りだ。仕事はできるが、うっかりミスの多いその職員は最後の最後まで不注意で、書類の提出を忘れていたことが発覚し、成瀬は朱肉と三文判《さんもんばん》を持参し、飲み会の場で彼に記入と押印《おういん》をさせなければならなかった。「育児も、課長がいないと心配です」とうそぶく彼は憎めなかったが、成瀬が、「出生届は忘れないようにな」と言ったところ、「何ですかそれ」と真顔で言うから苦笑せずにいられなかった。

窓の外の光景は、夜の黒さで塗られている。

吊り革を右手で持ち、車内モニターに流れる広告映像を眺めていた。仕事や学校でやるべきことを終え、疲れながら帰宅する途中、ぼんやりとしている脳に宣伝文句が注《そそ》ぎ込まれていく。

口を開き、鼾《いびき》をかく寸前といった具合で眠りつづけるサラリーマンの中年男性と、スマートフォンをひたすら打ち続ける男、スマートフォンでゲームをしている女性たちが前の座席に並んでいる。

さすがにそろそろ、違法な仕事も引き時ではないか、と成瀬は考えていた。このまま銀行強盗のような危険な仕事を、しかも人に喜ばれない仕事を、続けていくメリットはほとんどない。以前より金も必要ではなくなってきた。

先日の動物園で久遠に会った際に、声をかけてきた記者、火尻のこともある。久遠の手に怪我があったというだけで、銀行強盗と結びつけた記事を書けるとは思わなかったが、金によほど困っているのならば、藁《わら》にも縋《すが》る思いで久遠に絡んでくる可能性はあった。

少なくともしばらくは、強盗は休止したほうがいいだろう。

隣の吊り革に男がやってきた時は、すぐに怪しいとは思わなかった。後ろの車両からやってきて、たまたま近くの空いているスペースに立った、という雰囲気で、眼鏡をかけた背広姿の男性という見た目も含め特に不審なところはなかった。スマートフォンでメッセージを打ち始めている。ついでに背のほうに視線をやると英会話のテキストを開く若者がいた。スマートフォンを触るか、もしくは眠っている者がほとんどの中で、英会話の勉強をするのは珍しく感じたが、だからと言って怪しさはない。

揺れる列車の振動を靴から感じながら、また見るとはなしに車内モニターを眺めた。

右隣の男が少し体を寄せてきて、その時に相手の鞄が成瀬の腰にぶつかった。ふと見ると男は、「あ、すみません、よろけてしまって」と謝《あやま》った。

嘘をついている。

隠しごとをしているのは明らかで、ではいったい何を隠しているのかといえば、はっきりしない。

と思っていると次の駅に停車した。真っ先に乗ってきた白い服の女が成瀬のすぐ隣に立った。見るからに露出が多く、香水の匂いが強い。

場所を変えたくなったが、客は増えており、移動は面倒に思えた。

正面の窓には暗い夜の幕に浮かび上がるように、成瀬やほかの乗客たちの姿が反射していた。左にいる女性は、豪華に見えるほどの巻き髪をしており、スタイルが良い。

成瀬は左手で持っていた鞄を持ち替え、中身を確認する素振りで荷物を触る。

嫌な予感はあった。バッグを持ったまま両手を挙げて吊り革を握ろうとしたが、そこで左手がつかまれた。

「やめてください！」と隣の女が明瞭《めいりょう》な声を発した。

しまった、という思いと、やはり、という思いが交錯《こうさく》する。まわりのみなの目が集まる。

成瀬が顔を向けると女は目を三角にし、「この人、わたしのお尻を触ってきました。腰とか」と言う。

「え、どうしたの？」と後ろから言ってきたのは、英会話のテキストを読んでいた若い男だ。

「この人痴漢？」と成瀬の右側にいた中年男が、成瀬を逃がさないためにだろう、右腕を両手で捕まえてくる。

「いや、俺は何もしていない。勘《かん》違いだろう」成瀬は答える。

「でも彼女はそう言ってるんだから、とにかく次の駅で降りましょうよ」若者がすらすらと言った。

成瀬の前に座る乗客たちは、まさか目の前で一般人による痴漢の現行犯逮捕劇が起きるとは思ってもいなかったからか、目を白黒させながらも、成瀬を見てくる。逃げることがあれば、証言できるように顔を覚えておかねば、と使命感を覚えたのかもしれない。

「そうですね、次で降りて、話したほうがいいですよ」中年男が言う。

「いや、こういう言い方は申し訳ないが、濡れ衣だ」成瀬はそう答えるしかない。

「この手で絶対に触ってきました」女は、つかんだ成瀬の手を、捕らえた獲物を掲《かか》げるように振った。

「俺はやっていない。ずっと鞄を持っていた」

「そんなの触る時だけ、下に置いていたんじゃないですか？」

「違う」成瀬は言ってから、「ちょっと左手を放してくれないか」と頼んだ。「あと、俺が変な動きをしないかどうか、みんなにも見ていてほしい。証人になってもらいたいから」と周囲を見渡す。

もちろんじっくり見てますよ、と言わんばかりに若者や別の乗客の視線が集まった。

女は手を放し、「絶対この手です。お尻を触ったんですから」と怒る。

「この手が？　指で？」

「ええ、指がいやらしく動いていました」

成瀬は溜め息を吐く。「実は恥ずかしいんだが」と言い、その左手を開いて見せた。「さっきまで仕事の関係で、ずっと判子を押していたから、指に朱肉がついたままなんだ」

実際にはつい先ほど、こういった事態になることを危惧《きぐ》し、鞄の中で朱肉に指をつけたのだった。

女が顔を突き出し、成瀬の左手の指を見つめる。ほかの乗客にも、指先を披露《ひろう》する。

「もし俺がこの指で、君の体に触ったんだとすれば、その白い服にはこの赤色が残るはずだ。君はほら、指が、と言っていたじゃないか。指が、ええと」

成瀬の前にいる男がいつの間にか居眠りをやめており、「いやらしく！」と合いの手を入れた。

「そう。指がいやらしく動いた、と君は言った。ただ、そうだとしたら」

果たしてこれで相手が退《ひ》くのかどうかは分からなかった。まだ屁《へ》理屈を捏《こ》ねることはできる。そもそも、指が全部、朱肉で赤いという事態そのものが不自然ではあった。

さてどう出るか、と成瀬は相手の反応を待った。

‖ 雪子 Ⅱ ‖

しーかけ【仕掛け】①やりかけであること。

「—の仕事」②他に対して働きかけること。しかけること。③物事をある目的に合わせて、作りこしらえること。「種《たね》も—もございません。嘘をつきました。—はございます」④装置。からくり。しくみ。⑤やり方。かけひき。⑥用意。準備。特に食事などの用意。


「成瀬、まさかおまえが痴漢の冤罪《えんざい》騒動に巻き込まれそうになるとはな。さらに朱肉を指につけるとは。ぎりぎりの攻防だ」響野は嬉しそうに言う。「それで、どうなったんだ」

「気まずそうな顔をして、次の駅で降りて行った。ついでに、数人、近くの奴らも降りて行ったがみんなグルだったんだろうな」と成瀬が答えると、「本当にその、朱肉作戦に効果があったわけか」と響野は訝るように首を振った。

「でもさ、実際、赤く汚れた指で触ったら、ほぼ間違いなく、服にも付いてるはずだからね。説得力はあるよ。敵は劣勢だ」久遠はストローを口にくわえたまま話す。

「雪子のほうは結局、どうだったんだ。慎一がつけられていたんだろ?」響野が言ってくる。

夜の二十二時を過ぎていた。二日前、久遠から急に電話連絡があり、「最近、雪子さんの周辺に怪しい人が現われていないか」と訊ねてきた。「それなら」とすぐに答えた。当たり屋らしき者たちに狙われ、直後、慎一が追われたことを説明する。

やっぱり、と久遠は言い、みなで一度会って相談をすることになった。「響野さんの店に集合ね。尾行に気を付けて、裏口から入ろう」

「何それ、わたしたち、誰かに狙われてるの？　どうせ、久遠か響さんがヘマをしたんでしょ」

「まあ、僕が雪子さんでもその二択《にたく》を思い浮かべるよ」

集まって話を聞けば、そもそもの原因を作ったのは久遠のほうだと分かった。火尻という記者が、久遠を尾行していたのだ。

私がヘマをするわけがないだろう、と響野は誇らしげに言った。

「慎一に車で拾う場所を指示して、そのあたりなら信号のタイミングも頭に入っていたからね。車で駆けつけて、また乗せたんだけれど」

「本当に尾行されていたの？」

「慎一が言うにはね。その前の、当たり屋グループと関係があるのかどうか」

「関係があると考えたほうが自然だな」成瀬が言う。

「成さんを痴漢にしようとしたのも?」

「だろうな」

「あ、久遠、そういえばおまえがさっき言っていた話だけどな、どうして相手が痛がったんだ?」

「何のこと」

「今、話しただろうが。おじいさんに怪我させたと言いがかりをつけられて、男たちに挟まれたんだろ。で、おまえのポケットを探ろうとした男が」

「ああ、栗ね」

「栗?」

「動物園に栗の木があって、ほら成瀬さんもこの間見たでしょ」

「どこかの子供に見せてやりたい、とか言ってたな」

「そう。だから次に行った時、栗をいくつかポケットに入れて、帰ってきたんだ」

「毬が刺さったわけか?」

「響野さん、触ったことある? あれ、本当に痛いんだよ。しかもポケットに栗が入っているなんて思っていなかっただろうからね。不意打ちであれが刺さったら」

「まあ、確かに、まさか栗が入ってるとはな」成瀬が苦笑する。

「誰も思っていない」雪子も笑みを漏らさずにいられなかった。いい年をした若者のポケットに栗の毬が待ち構えているなど、誰も想像しないはずだ。刺さった相手に同情すら覚える。

「で、話をまとめると、だ。これはいったい何なんだ？　何が起きている」響野が片眉を上げる。「成瀬には痴漢の仕掛け、雪子には当たり屋、久遠のところには慰謝料の言いがかり、これは偶然ではないな。同時多発不運、みたいなもんじゃないだろ？」

「まあね」

「じゃあ、どういうことなんだ。仕掛けてきたのはみんな同じ奴らなのか？」

「それは分からない。ただ、まあ、きっかけは想像できるんだけどね」

「何だそれは、久遠」

「さっきも言ったように」説明したのは成瀬だった。たまたま久遠がホテルで助けた記者が、左手の怪我に注目した。その記者、火尻は金に困っており、宝島沙耶の特ダネを失った穴埋めをしたいのか、久遠に近づいてきた。「たぶん、銀行強盗だったら金はあるし、しかも少々、乱暴に脅しても警察には通報しない、と思ったんだろうな。もちろん、火尻一人でどうこうすることはできないから、知り合いの、慣れている奴らを巻き込んだのかもしれない」

「当たり屋や痴漢冤罪屋をか？」

「具体的には分からない。たとえば、火尻は借金している相手に言ったのかもしれないな。俺は金を返せないが、あいつらを脅せば簡単に金を取れるぞ、とかなんとか」

「だけど、そんなに簡単じゃなかったわけね」雪子は言う。「それで諦めてくれれば嬉しいけれど」

「そういう奴らが諦めるかねえ」

「可能性はあるぞ」成瀬は短いが力強い声で言った。「真面目に働いて、金を稼《かせ》ぐのは、なかなか大変だ。そうせずに、人を脅して金を奪うような人間は、楽して大金を得たい奴らも多いはずだ。つまり、簡単じゃないと分かれば、手を引くかもしれない」

「なるほど。ただ、手を引かない可能性もあるってことだろ」

「僕のせいでこんなことになって」久遠は、包帯の取れた左手で頭を掻く。

「気にするな」

「響さん、優しいね」

「これが、優秀な男の損なところなんだがな。私は、私以外の人間に期待をしていないんだ。誰もかれもがミスをするし、それをいつも私が助けてやらねばならない。そういう運命でな、他人のミスには慣れているんだ」

「はいはい」雪子は意識するよりも先に、あしらいの言葉を口にしており、響野を不快にさせてしまったかと気にしたが、当の響野は悦《えつ》に入《い》ったような顔をしているだけだ。

「久遠のせいではない」と成瀬も言った。「しつこい記者と出会ったのが不運だっただけだ。とりあえず、今日、集まってもらったのは、意識合わせみたいなものだ。これからも、不審な人間が近づいてきて何か仕掛けてくるかもしれないからな」

「ずっとまわりを警戒しているのも疲れちゃいそう」雪子は正直に言う。車を運転するたびに、ドリフト駐車をやってみせないといけないのならば、面倒で仕方がない。

「火尻のことをもう少し調べてみたほうがいいな。俺は、田中《たなか》に情報をもらいに行ってみる」

「そうだな、私もそれがいいと思っていた」

「響さんは何でも先に分かっている」雪子が冗談めかして言うが、やはり響野は気にしていない。

「こうなってくると、あの時、火尻さんをホテルの部屋で襲ったのが誰なのか気になるね」

「そうだな。ただの部屋荒らしなのか、もしくは火尻に恨みがあるのか」

「僕たちみたいに、しつこくされている誰かが怒ったのかもしれないね」

「その火尻という男は、自分を襲った犯人が誰か分かっていなかったの？」雪子は、久遠を見る。

「火尻さんは、ホテル荒らしだと決めつけて、疑っていなかったんだよ。白を切っていたのかもしれないけど。あ、あの階のエレベーターを降りたところに防犯カメラはあったから、それをチェックすれば、犯人の顔とか分かるんじゃないかな」

「そっちのほうからも調べておくか」成瀬は、久遠を見た後で、雪子にも視線を寄越した。「久遠と雪子で、ホテルの防犯カメラの映像を持ってこられないか？」

「やってみないと分からないけれど」雪子は答える。

「それにしても、私は納得いかないんだがな」響野が腕を組んでいた。「成瀬、おまえたちはその、火尻の仕業《しわざ》かどうかは分からないにしても、怪しい奴らに脅されそうになったんだろ？　どうして私のところには来ないんだ」

「それが不満なのか？」

「私だけ、狙われていないというのは、除《の》け者になった気分じゃないか」

「いいか、火尻は、動物園で久遠を見つけた後で、しばらく尾行をしたんだと思う。それで、雪子の車に乗るのを見つけたんだろう。ええと、確か」

「逃げた犬を捜すために」雪子は言う。

「まだ見つからないのか」

「狂暴なんだけれど」

「とにかく火尻は、そのナンバーから雪子の家を洗い出した。それくらいのことはお手のものなんだろうな。そして俺は、動物園で久遠と一緒にいるところを見られた」

「でも、成瀬さん、あの時、名刺渡したりしなかったよね？」

「もしかするとあいつは、俺が背広姿だったことから、何らかの仕事で動物園に来ていたのでは、と疑ったのかもしれないな。俺は役所の仕事の一環《いっかん》で動物園に行っているから、園とはよく連絡を取り合っている。だから火尻が管理室にでも行って、それらしい理由を言って聞き出せば、役所の部署や俺の役職くらいの情報は手に入れられたんじゃないか」

「でも、久遠と一緒にいたっていうだけで、わたしたちを銀行強盗の仲間だと決めつけて、仕掛けてくるなんて、ずいぶん乱暴だよね。ただの久遠の知り合いだったら、どうするつもりなのか」雪子は言わずにいられない。

「考えられるとしたら、火尻は、久遠の知り合いを片端から調べて、その結果、俺や雪子は怪しいと睨んだのか、もしくは、万が一、俺たちが銀行強盗じゃなかったとしても、金を出すんだったら儲けもの、とでも思ったのか」

「それだったら、おまえや雪子以外の、久遠の知り合いも狙われていることになる。久遠、おまえ、ここ最近、ほかに誰と会った？」響野が訊ねる。

「誰と？　アビシニアコロブスとかフクロウとか、あとは、うちの近くの家の、雑種犬とか」

真顔で指を折る久遠を眺め、雪子はさすがに噴《ふ》き出しそうになる。

「さすがに、そいつらからはたぶん、金を取れないから火尻も諦めたんだろう。おまえ、人間の知り合いはいないのか、人間の大人の知り合いは」

「銀行強盗以外で？」それならいるわけがない、と当たり前のように久遠が答えた。

「とにかく、だ。響野、おまえはまだ、久遠との繋《つな》がりがばれていないんだろう。だから、当たり屋に会うこともなければ、痴漢の冤罪もない。もし、除け者みたいで寂《さび》しいんだったら、火尻に言っておくぞ。あの人にも何かやってあげてください、寂しがっているようです、とな」

「火尻にどうやって伝えるんだよ」

「僕が名刺をもらった」久遠が答える。「名刺なんて、僕の人生にほとんど縁がないと思っていたんだけれどね」

「そういえば」と言ったのは、それまでカウンターの向こうでカップを丁寧に拭《ふ》いていた祥子だった。近くに来て、雪子のそばに腰を下ろす。「この間、うちに電話がかかってきたの。この人がいない時に。神奈川《かながわ》県警から」

「警察?」久遠の顔が曇る。

「それで、『お宅のご主人が人身事故を起こしました』とか言うのね。本人は無事だけれど、相手は妊婦で、意識不明らしくて」

「うわあ、大変だなそれは」響野が心底《しんそこ》、同情する顔になる。

「その次に、被害者の旦那《だんな》さんというのが電話に出て、示談《じだん》のこととか話しはじめて」

「それはもう典型的な、詐欺《さぎ》の電話だな」成瀬が冷静に言う。

「そうなの。ただ、警察から電話がかかってきた、という時点でわたしもちょっとパニックになってるから、意外に疑わなくて。そうこうしているうちに、示談金を振り込まないと刑事告訴されます、という話になって」

「払ったの?」

「やっぱり、頭が混乱しちゃって。意外に冷静でいられないんだね。ただそこで、向こうが、『ご主人はショックで今、まったく喋れない状況です』とか言ったの」

久遠が少し笑う。「響野さんがまったく? 喋れない?」

「わたしも、はっとしてね。この人がまったく喋っていない状況なんて、考えられないでしょ。相手を疑う気持ちが出てきて」

「おいおい、私を何だと思ってるんだ。もし、そんな事故を起こしたらさすがに、ショックで喋れないぞ」

「確かにそうかもしれないけれど」祥子もそれは認めた。「ただ、おかげで詐欺だと気づけたの」

「成瀬さん、それもまた火尻が関係していたのかな」久遠が訊ねると成瀬は首を傾げる。

「ただの、詐欺電話がかかってきただけかもしれない。もちろん火尻の手による可能性もあるが」

「どうしてその話、私に言わなかったんだ」響野が、祥子に目をやる。

「だって、どうせ、わあわあ喋ってくるし、面倒だったから」

分かる分かる、と雪子はうなずいた。

第二章

悪党たちは
降りかかる火の粉《こ》を払うため、
何が起きているのかを探《さぐ》るが、
払えば払うほど
火の粉がまとわりつく。

——眠っている犬はできるかぎり寝かせておけ。

‖成瀬Ⅳ‖

ボウリング【bowling】①細長いレーンの上でボールを転がし、前方に並べられた十本のピンにあて、倒れたピンの数により勝敗を決定する競技。前身は中世のナインピン。十七世紀アメリカ大陸に伝わり流行したが、一八四〇年代には賭博《とばく》の対象となったためナインピンは法律で禁止された。②引きこもりの田中《たなか》が引きこもりじゃなくなった理由。

駅前のボウリング場にはレーンが十並んでおり、土曜日とはいえ、ぽつぽつと空きがあった。成瀬たちのいるのは一番左端のレーンだ。

豪快にピンが吹き飛ぶ、爽快《そうかい》な音が響く。足を引きずるようにし、田中が戻ってくる。

「残っちゃったな」と悔しそうに首を傾げながらだった。

「本当に上手《うま》い」成瀬はお世辞ではなく、感心した。「いつからやっているんだ」

「二年くらいだよ。うちの近くにでかいボウリング場ができてね、うん。迷惑で、めちゃくちゃ腹が立つから」

この二年、仕事の依頼をしていなかったことになるのか、と成瀬は思った。その間に、田中の生活はずいぶん変わっていたのだ。

田中は綾瀬《あやせ》駅近くのマンションに、母親と暮らし、ほとんど部屋にこもったきりの生活をしていた。物理的なものから論理的なものまで、鍵やセキュリティに関するものを用意するのが得意で、さらには便利グッズめいたものを開発し、売る。成瀬たち以外にどういった者たちと取引をしているのかは定かではないものの、それなりに商売は成り立っているようだった。このまま彼は半引きこもりの生活を続けていくのだろうか、と成瀬は漠然《ばくぜん》と想像していた。それが今回、連絡を取ったところ、「横浜《よこはま》のボウリング場で会おうか。最近、ボウリングにね、はまってるんだ」と言ってくるから驚いた。

「急にできたボウリング場に腹が立って、暇つぶしにハッキングしたんだよ。システムをおかしくしようと思ったんだよね、うん。実際、半分やりかけたんだけど、急にボウリングのルールが気になって。それまで一度もやったことがなかったからさ。僕の脚、少し曲がってるしね。でも、調べはじめたら興味が出てきて、行ってみたわけ。平日の昼間なんて、空《す》いてるし」

「なるほど」

「そうしたらこれが面白くてさ。まあ、はじめは一本も倒れなかったけど、誰だって最初はそうだからね。がんばったわけ。いやあ、これは凄い遊びだよ。二十三メートル先に向かって、六、七キロの重い球を転がすなんてね、家じゃ無理だし。貴重な施設だよね、うん」

「今やこんな点数を楽々と」成瀬は言い、頭上のモニターに表示されているスコアを眺める。七フレーム目を終えた時点ですでに一五〇点を超えている。

成瀬は立ち上がり、ボールに指を入れる。レーンの先を見て、足を踏み出す。振りかぶり、転がす。回転するボールが重く響き、ピンを弾《はじ》く。二本残ったが、間が空き、スプリットとなった。

「惜しいね。あれはでも取れるよ」と何事もないように言う田中の貫禄《かんろく》が、成瀬には可笑《おか》しかった。「取り方教えてあげる？」

「無料か？」

「成瀬さんなら安くするよ」田中は真顔で言った後で、「そうそう、頼まれていたことは一応調べたよ。予想はしていたけど、いい人じゃないね。火尻記者は」と自分のつけたグローブをいじくりながら言う。

「記者をやっている、というのは本当なのか」

「そうだね。特別、ひどいことをやっているわけではないけど、まあ、読者が望んでる方向で記事を書くのが得意、というのかな」

「望んでる方向？」

「むかつくやつのことは叩いて、『こんなにひどいことしてるぞ、やっぱり最低だ。俺たちなんかよりよっぽどひどい』と思いたいでしょ。立派な人や企業に対しては、『実はこんなにひどいことしてる。俺たちと同じように、やっぱりひどい』と思えると、楽しいしね」

「人の持つ好奇心、覗《のぞ》き見趣味は否定できない」

「成瀬さんにもそういうのあるんだ？」

「あるさ、そりゃ」と言ったものの成瀬自身は、他人の立ち振る舞いにさほど関心がなかった。

「火尻の情報は報告書にして渡すけど、ざっと説明すると、その記者は今までも、有名女優の密会をね、いくつかスクープしているみたい」

今回も、行方知れずのアイドルを追いかけていたんだった、と成瀬は思い出す。

「清純が売りの女優たちが酔っぱらって、破廉恥《はれんち》な恰好しているのを雑誌に載せて、ファンの怒りを買って、脅迫まがいのメッセージを多数もらったり」

「そのうちの一人が彼を襲った可能性はあるな」

「有名人のどうでもいい過去を掘り起こして、面白おかしく書いたり」

「ほかには？　芸能関連以外ではどうだ。社会的な事件とか」

「基本的にはスタンスは一緒だよ。事件の真相を突き止めたり、再発防止のために記事を書くんじゃなくてね、事件の関係者にまつわるスキャンダルをほじくって、面白おかしく書くんだよ。たとえば、食品メーカーの食中毒事件が起きればその社長の愛人のことを記事にしたり、被害者のプライバシーも、面白そうなら記事にする」

「事件とは関係ないだろうに」

「何かニュースになる事件が起きたら、それはもう、『関係者のことを記事にしてもいいですよ』ってゴーサインだと勘違いしているんだろうね、うん」

「昔ならさておき、今なら訴えられるだろ」

「そりゃもちろん。場合によっては。でも、懲《こ》りない。僕が調べた中ではたとえば、通り魔事件の被害者の記事があって。うん。命は助かったんだけど、入院するくらいの怪我を負ってね。被害者は真面目なＯＬだと思っていたのに、風俗嬢をしていたことが分かって」

「ああ、確かにこの間、その話を自分でしていたな」

「記事にしたら急にそっちが話題になっちゃって。面白い世の中だよ。同じ被害者でも、可哀相《かわいそう》に、と同情される人もいれば、そうじゃなくて、『おまえも悪い』と非難される人もいて。その境界がどこにあるのか僕には分からないけどね。『清廉潔白《せいれんけっぱく》に見えたのに』というパターンがみんなのお好みなのか、楽しそうにみんなが責める。その人自身はただの被害者だったのに」

「公平に判断できる人間もいるんだろうが」

「もちろんいるよ。でも、大半は違う。先入観とその場のイメージに左右される。火尻っちはそこをうまく突くような記事を書くんだよね。みんなが喜ぶ」

「そんなことまで書いて！　と糾弾《きゅうだん》される記者はあまり見たことないしな」

「うん、そうだね。批判はされるけれど、裁《さば》かれるところまではいかない」

「そういう意味ではやはり、火尻が誰かの恨みを買っている可能性は高い」

「知ってる？　中傷から身を守る一番の方法は、自殺することだよ」

「確かに、批判はトーンダウンする」

「死んだ人は、噂《うわさ》もさほど気にならないからね。だから、仮死薬みたいなのもあるから、それを使うのは手だよ。死んだと見せかけて、批判を弱まらせた後でこっそり生き返るんだ」

「仮死薬なんてものがあるのか」

「最近、売り出し中だよ。シェイクスピアが発明したわけじゃなくね」

「だが、生き返った途端に今度は、狂言だ、同情を集めるための自演だと責められるだろうな」

「確かにそうだね」田中は納得したように首を揺する。

「一番最近の火尻の噂は何かあるか？　どういうネタを追っているのか」

「宝島沙耶のこと以外に？」

「そうだ」

「募金をね、うん、狙ってる」

「募金？」

「ほら、子供が海外で手術を受けるためにお金を集めている人とかいるでしょ。家族で必死になって、活動して。そういった人にまとわりついてる、って情報があったよ」

「火尻が応援する記事を書いて、募金集めに協力しようというのか？」

「たぶんね」

「いいところもある」と成瀬は言いながらも、本当に？　と疑問を覚える。人のために記事を書くだけなのだろうか。

「具体的に何をしているのかは分からないけど」

成瀬は腰を上げ、ボールに指を入れて、二投目を放った。ドラムロールにも地響きにも聞こえる音を鳴らし、ボールはピンを弾いたが、一本残った。

成瀬はベンチまで戻ってきて、「火尻の家族は？」と訊ねた。

「今は独身だよ。結婚してたみたいだけど、離婚してる。火尻っちのDVが原因だね、うん」と田中はグローブをいじくりながら、ボールリターンでボールを持ち上げる。

足を若干、引きずりながらも体を滑《なめ》らかに動かし、ボールを転がした。緩やかにカーブのかかった球は、ヘッドピンに綺麗に激突し、十本すべてをレーンの地平から吹き飛ばした。

成瀬は、戻ってくる田中に手を叩く。

「ボウリングの欠点は、最高点が決まっていることだよ。三百点より上にはいかないからね」

「それで、火尻が借金をしている相手は分かったのか」

「あ、それは分かりやすかった。火尻っちは確かに結構、ピンチ。たぶん、離婚した奥さんへの慰謝料もあるんだろうけど、楽して増やそうとしたんじゃないの？　カードゲームにはまって、どんどん損してる」

「カードゲーム？　ポーカーとかか」成瀬は以前、自分たちが関わりを持った鬼怒川《きぬがわ》の地下カジノのことを思い出したが、田中も同様のことに思い至ったらしく、「あんなに規模の大きいカジノじゃなくてね。もっとこぢんまりしたものなんだよ。若い、二十代とか三十代のグループが、高級マンションで会員制のカードゲームをやって」と言った。

「いかさまで、金持ちをカモにするのか？」

「火尻っちの行ってるカジノは、比較的、真っ当で、よっぽどのことがない限り、いかさまで騙すことはしないみたい。ただ、スタッフの中にカードの強い人がいる」

「いかさま抜きで？」

「ポーカーだって、ブラックジャックだって、ノウハウはあるからね。駆け引きの上手い下手もあるし、古典的な、カードをカウントする技術だって、小さいカジノならまだ有効。だから、負かしたい相手がいれば、本気出して、金を巻き上げて」

「火尻はそれでやられたのか」

「狙われたのか、勝手に自爆したのか。とにかく借金は結構あるみたいよ。いかさまはしないと言っても、そこのカジノは結構、怖いらしいから、お金を返せないとなるとまずいと思うんだよね」

「命の危険を心配しないといけないくらいにか？」

田中は、まあね、と言うように眉を上げた。「大桑《おおくわ》っていうのがリーダーというか、会社で言えば社長で、怒ると怖い。仲間もたくさんいるらしいよ。オオクワガタやらミヤマクワガタやら」

「何だそれは」

「大桑さんに宮間《みやま》さん、偶然なのか、クワガタの種類みたいな名前の人が多い」

「チームクワガタは怒ると怖いのか」

「怖いよ。体にキノコを植え付けられたり」

成瀬は一瞬意味が分からなくて、眉をひそめる。「どういう意味だ」

「文字通りだよ。冬虫夏草《とうちゅうかそう》って知ってる？　蟬《せみ》とかトンボに寄生するキノコの菌で。虫の養分で、育つ。冬の間、見た目は虫だけど中身はキノコ。夏には草の芽が出てね、うん。さしずめ、冬人夏草とでもいうのかな」

「火尻は、それを記事にすればいいのにな」成瀬は肩をすくめる。「じゃあ、俺たちのまわりをうろついて、難癖をつけようとしてきたのは、その大桑の仲間なのかもしれない」

「火尻っちがその大桑たちに、『金蔓《かねづる》になる奴らがいる』と成瀬さんたちの情報を出した可能性はあるよね、うん。もし、そこから金が入ったら、自分の借金と相殺《そうさい》してくれないか、とか言ってさ」

成瀬が想像した展開とほとんど同じだったが、もちろん予想が当たった、と嬉しくは思わなかった。

＝ 雪子 Ⅲ ＝

せん―にゅう【潜入】①こっそりと入り込むこと。忍び込むこと。「大脱出とは言うけれど、大―とは言わないね」②天文学で、月の後ろに恒星や惑星が隠れる現象。③（「仙入」とも書く）センニュウ科センニュウ属。具体的には、この後、久遠《くおん》が説明する。

「あと五十秒でロビーに入るけど」雪子は小声で言いながら、キャリーバッグを引っ張っていく。滅多《めった》に着ないワンピース姿で、しかもサイズはかなり大きい。布を詰め体型を大きく見せ、ウィッグも被った。眼鏡もかけている。

夜の十一時を回り、ホテルの周辺は夜の暗さが降りていた。

「了解、了解。僕のほうは準備OK。潜入済みのセンニュウ」耳に入れたワイヤレスイアフォンから、久遠の声が聞こえる。

「潜入済みのセンニュウ?」ホテルの正面入り口が目に入った。がらがらと音を出すキャリーバッグは歩道の表面を次々と壊すようにも思える。自分の歩く速度と、ホテルまでの距離を測《はか》った。

「センニュウっていうウグイスみたいな鳥。可愛いよ。センニュウが潜入する」

「その駄洒落《だじゃれ》が通用する人間って、全国でどれくらいいるの?」

田中から購入した通信用のマイクとイアフォンは感度が良かった。ネックレス型のマイクが雪子の声を拾う。

ドアが開き、ドアマンが礼儀正しく挨拶をしてくる。時間帯からして宿泊客の出入りは少ないのだろうが、にもかかわらず怠《なま》ける様子もなく、てきぱきと動く姿には感心せずにはいられない。

「十秒後に」雪子はドアからフロントカウンターに歩いていく。同時にエレベーターのあたりから、警備員の制服を着た男が歩いていくのが見えた。久遠だ。周囲を見渡すように、歩いている。

夜間であるからフロントの周囲は空いていた。フロントに立つスタッフも二人程度で、周囲も静まり返っている。

雪子はフロント手前に立つホテルマンに近づき、「この荷物をちょっと」と言い、自分の引き摺《ず》ってきたキャリーバッグのレバーを縮めた後で持ち上げる。そこでレバーのスイッチを押した。バッグがばっと開き、中から物が転げ落ちる。

雪子は小さく悲鳴を上げた。しんとしていたフロントまわりが騒がしくなる。ホテル内で眠っている客たち全員を起こすかのような音だった。

慌ててホテルマンが駆け寄ってきた。「大丈夫ですか?」としゃがみ、散らばった荷物を拾ってくれる。衣類や化粧道具に加え、箱に詰めていたテニスボールが縦横無尽《じゆうおうむじん》に転がる。

「わたし、うっかりしちゃって。どうしよう」雪子は淡々と謝るが、実際、いらぬ作業を発生させたことに罪悪感を覚えていた。

顔を少し上げ、視線をフロントに向けると、この騒ぎに紛《まぎ》れ、久遠と思《おぼ》しき男がすっと裏手に消えていくのが見えた。制服は人に安心感を与える。「なぜ、こんなところに？」という疑問を軽減するからだろう。人は納得できれば安心するものだ。しかも、制服姿の男に、「その制服、本物？」と訊ねるのはかなりの覚悟が必要だ。

「あの、ロビーで荷物ひっくり返しちゃった人がいるんですけど、大丈夫ですかね？」とイアフォンから久遠の声が聞こえてくる。フロントのバックヤードに入り、そこにいるスタッフに話しかけているのだ。

どれどれ、と男の声がした。と思えば、その声の主だろう、年配のホテルマンがフロントから出てくるところが見える。

雪子に近づいてくると、テニスボール拾いを手伝いはじめた。「大丈夫でしょうか」「ほんと、ご迷惑おかけして、申し訳ないです」雪子は謝る。「わたしったら」

そうこうしている間も久遠の、「ええと、防犯カメラの端末はどこかなあ」というのんびりとした独り言が、イアフォンから聞こえてくる。「ホテルの裏側ってこんなふうになっているのか」

そんなことはどうでもいいから、と雪子は思いながら、自分の広げた荷物を片付ける。ゆっくりやったところで、三分以上は時間が稼げない。その間に、久遠が防犯カメラのデータをコピーしてくることが可能かどうか。難しいかもしれない、と雪子は自答する。

「あ、これだ」久遠の声がした。「雪子さん、いいニュースだ。防犯カメラの映像を保存していそうな端末を発見!」

それは良かった。ホテルマンの一人がキャリーバッグの蓋《ふた》を閉めようとするため慌てて、「ごめんなさい。あと二個、ボールがあるはずで」と嘘をつく。どこか遠くに転がってしまったのかも、と呟く。

「雪子さん、悪いニュース!」いいニュースを言うかのような弾《はず》む声が、聞こえてくる。

「このパソコンにパスワードがかかってる」

その可能性は考えられた。念のため、田中からホテルのパソコンのパスワードを調べてもらっても良かったのだが、久遠が、「防犯カメラのパスワードなんて、面倒臭くて、かけているわけないよ」と主張し、やめたのだった。ほら言わんこっちゃない、と思うが責めている暇はない。

「どうしよう、雪子さん」

雪子は立ち上がり、自分もボールを捜すふりをしながらホテルマンたちから離れ、頭を働かせる。少しして、「そのパソコンに触った痕跡を残しておいて」と言う。

「え? 痕跡を消すんじゃなくて?」

「逆。分かりやすく、誰かが触った痕《あと》を残すの。不審な感じに。それが終わったら、そこから出て、ホテルを離れて」

「どういうこと?」と言ったものの久遠はそれ以上、訊ねてはこなかった。

「今から二十秒後に、フロントを通り過ぎること」

雪子は言って、あたりを探るような恰好をしながら、一緒にボールを捜しているホテルマンたちを見る。そろそろ、と思ったところで、「あ、もう大丈夫です。これだけ捜して、ないのならあきらめがつきます」と言った。

「もし見つかりましたら、ご連絡しましょうか」

「いいえ、いいの。集めたら、願いが叶《かな》うわけでもないし」雪子は喋りながらキャリーバッグを整える。タイミングを見計らい、「あれ、あの警備員、少し動き方がおかしくないですか?」とフロントを指差した。久遠が速足で横切っていく姿が見える。

「あれはホテル内を」と一人が説明しかけたが、警備員姿の久遠がそのままホテルの外に出ていくため、当惑していた。

「ちょっと怪しかったですね」雪子は、そこにいるホテルマン三人の頭に刷《す》りこむように、言葉を強くした。そして、「あ、わたし、用を思い出した」とキャリーバッグをまたごろごろと鳴らしながら、やはり外に出ることにした。ホテルマンたちから離れたところで、「車を停めたところで合流ね」と久遠に伝えるためにマイクに声を吹き込む。

乗ってきた軽自動車まで戻ると、助手席にはすでに久遠が座っていた。「失敗しちゃったなあ。防犯カメラの端末は意外に、警戒していないと思ったんだけど。甘かったよ」と言いながら、取り出した飴《あめ》を、袋を破った後で頬張《ほおば》る。

「さすがにパスワードくらいはかけていたわけね」

「どうしよう、雪子さん」

「でも、今さら言うのも何だけど、危険を冒《おか》してまで防犯カメラの映像を手に入れる必要あるの？　わたしたちには関係ないんでしょ」

火尻を警戒し、その情報を得ることは必要に思えたが、火尻が部屋で襲われた際の防犯カメラを見たところで、こちらがそれほど有利になるとは思えなかった。

「だけど、火尻さんを襲ったのが誰なのか分かれば」

「こっちの武器になる？」

「場合によっては。と成瀬さんは思っているんじゃないのかな」

「じゃあ、とりあえず、久遠、もう一回行ってみて」雪子は言う。

「え？　逃げてきたばかりなのに？」

「着替えて、今度はスーツ姿で。眼鏡もかけていったほうがいいかも」車の中のバッグにはいくつか着替えを用意してあった。

「背広と眼鏡があっても、パスワードは解除できないよ」

「大丈夫。とりあえず、フロントに行ったらこう言うの。『そちらのバックヤードに不審な男が入った形跡はありませんか。近くのホテルで被害がありまして』」

「え、近くで？　それは怖いね」

雪子は、久遠がどこまで本気で言っているのか分からず苦笑する。「で、『防犯カメラの端末が触られている様子はありませんか？』と訊ねるの。久遠、誰かが触ったような痕跡、残してきたんでしょ？」

「ああ、うん」

「だったら、向こうのスタッフが、『あ、もしかすると』となるかもしれない。久遠がそこで、『端末の中を調べたいので、少しチェックさせてください』と言えば、あっちがパスワードを入れてから、端末を触らせてくれる」

「そんなにうまくいくかなあ。というより、僕はいったい何の役回りで行けばいいんだろ。警察？」

「分からないけど、そういう捜査員みたいなふりをすれば？　『これがあいつの手口なんですよ』とか深刻そうに言えば、それらしいじゃないの」

「あいつって誰」

「知らないけど。どういう痕跡残してきたの？」

「キーボードの上に、飴をいくつか並べてきた」

「え？」

「それくらいしか思いつかなかったんだよ。とにかく言えばいいんでしょ。『飴を残していくのが、あいつの手口なんですよ』って」

まあそれで行ってみるしかないか、と雪子は肩をすくめる。「そのうち都市伝説みたいになるかもね。ホテルに現われる、キャンディマン」「そういう名前の映画あったね」「じゃあ、飴男にする？」「鏡の前で、『飴男』と五回唱《とな》えると現われるわけ？」

「とにかく、『ウィルスが仕掛けられているかもしれませんからチェックしますね』とか言って、あたかもウィルスチェックをしているふりをしながら、防犯カメラのデータをコピーすればいいんじゃないの」

「何か投げ遣《や》りだなあ、雪子さん」

「そういうわけじゃないけど。もし、怪しまれたらすぐに逃げて来て」

「そうなったら、さすがに諦めるしかないかな」

「次はわたしが行くから。『さっき、捜査員のふりをして、男が来ませんでしたか？』って」

「どういうこと」

「『不審者が入った形跡はありませんか』と言ってくる偽《にせ》捜査員がいるんですよ。ああ、それがあの男の手口なんですよ、と言うから」

「ややこしいね」久遠は感心したのか呆れたのか、小さな息を吐くと、「やればいいんでしょ」と言いながら車の後ろで着替えはじめた。

‖　響野　Ⅱ　‖

けん―しょう【検証】①実際に物事に当たって調べ、仮説などを証明すること。「理論の正しさを―する」②裁判官や捜査機関が、直接現場の状況や人・物を観察して証拠調べをすること。「現場―」③必要な情報が入手できていない状況で行っても、何ら意味がない打ち合わせ。

「で、そのキャンディ男がどうしたこうしたという作戦で、この録画データを入手できたわけか」響野は目の前のモニターを指差す。

「『怪しい人が来ませんでしたか』作戦でね」久遠が答える。

モニターに映る映像はエレベーターを正面に捉えたもので、白黒ながら映像は鮮明だった。

またしても閉店後の響野の店だ。雪子は仕事の関係で来られなかったものの、成瀬と久遠は集まっている。関心があるのかないのか、店の片付けを終えた祥子は隣のテーブルで「数独《すうどく》」をやっていた。

「あのホテルの防犯カメラ映像は、パソコンで日にちごとにフォルダ分けされて保存されていたんだ。しかも時間ごとに整理されていたからね、調べたいファイルは意外に見つけやすかったよ。ただ、時間は限られていたからコピーできたのは、十六階のカメラの分だけ」久遠が説明する。

「まあ、十六階の映像があるなら、火尻の部屋を訪れて襲った奴が、映っているはずなんだろ」

「たぶんね」久遠がパソコンのキーを叩き、早送りをした。「火尻さんが襲われる一時間前から、二時くらいかな、そこから再生してみるね」と操作している。

「そういえば、犯人はどんな恰好をしていたんだ。顔とか特徴はないのか」

「覆面を被っていたから」久遠は言った後で、「でも、一応、僕が遭遇した時の記憶で絵を描いてきたよ」と袋からデッサン帳のようなものを取り出す。

「お、久遠、おまえ、絵心があったか」と響野は言いながら目をやるが、あまりに大雑把《おおざっぱ》な、小学生が昔話を想像して描くような人の絵であるため、一瞬言葉を失う。体などほとんど針金で作られているかのようだ。「おまえが子供だったら、大きく描けて元気があっていいね、とは言えるがな」

「これは本気で描いたのか」さすがの成瀬も心配そうに、久遠を見た。

「人間にあまり興味がないから、覚えていないんだよね、細部とか」久遠は平然と言う。

「これじゃ駄目かな」

「芸術的な価値は分からないが、人相書きとしてはまったく役に立たない」成瀬が言うが、久遠は落ち込むことも怒ることもない。

響野はそこで何とはなしにデッサン帳の別のページをめくったのだが、そこで、目を瞠《みは》らずにいられなかった。「久遠、こっちは誰が描いたんだよ」

「僕だよ」

「嘘だろ?」

「嘘ついてどうするんだよ。動物の絵は得意なんだ」

他の紙に描かれている動物、サイやゾウ、ライオンがリアルな筆致《ひっち》により、きっちり描き込まれているのだ。写真のようだった。「動物園で写生したのか?」

「動物のことは記憶に残っているから、家に帰って描けば、そんなものだよ」

「差がありすぎるだろ」響野は、先ほどの人物の絵と動物の絵を見比べ、唸りたくなる。故意ではなく、ごく自然にこうなっていることはむしろ、尊敬に値《あたい》した。

「防犯カメラの映像をチェックするぞ」成瀬が冷静に言い、久遠がパソコンに触れると映像が動きはじめる。

真正面のエレベーター扉の開閉、人の出入りが映る。魚眼レンズとまではいかないが、映像は球体のようになり、広い角度まで網羅《もうら》していた。何倍速かで再生されているらしく、タイムスタンプが目まぐるしく動き、ちょこまかと利用客やホテルの従業員が行き来を繰り返していた。

「あ、ここ、火尻さんがエレベーターで下に行くところが映ってるね」

火尻と思しき男がエレベーターに乗るのが見えた。この後、下のラウンジに行き、響野たちが見かけることになったわけだ。

「そろそろ、犯人がやってくるわけか」

響野は興味津々《しんしん》、犯人の姿を見過ごさないために、じっと画面に集中する。しばらくは画面が停止したかのように変化がない。タイムスタンプは動き続けているから、ようするに人の出入りが止まっただけなのだろう。

少しして女性がやってきて、エレベーターを使い、その後でもう一台が到着したと思えば、火尻が戻ってきた。廊下を折れていくが、その先はカメラの視界から消える。

「火尻さんが部屋に戻ったということはこの後で、犯人が登場するんだと思う」

「お、エレベーターがまた開くぞ。犯人か」響野は顔を近づける。

映像の中に現われたのは久遠だった。

「ずいぶん、僕に似た犯人だな」久遠がぼそっとこぼす。

「おまえ、ずいぶん、不審な動きをしているな」

映っている久遠は顔をきょろきょろさせながら、少し前傾姿勢でうろうろしはじめている。

「火尻さんがどこにいるのか、匂いで捜そうとしていたからね」久遠は平然と言う。

「犬じゃあるまいし」

久遠が廊下を奥のほうに進んでいくのが見える。姿が消えた。

「どうしてこっちの部屋だと分かったんだ？　本当に匂いがしたのか？」まさかな、と響野は思いながらも言わずにいられない。

「廊下のこっち側のほうがすぐ行き止まりだったんだ。一部屋しかなくて。だから、端からずっと歩いて行こうと思っただけで。そうしたら、部屋の中から、どん、って音が聞こえてきて。小さい物音だったけれど」

「すでにこの時には犯人が、火尻の部屋に入ってたってわけか？　とはいえ、エレベーターでは誰もやってこなかったじゃないか。どこから現われたんだ」

「確かに」

「これはあれか、密室というやつか。どうせ犯人は蛇なんだろ」響野の頭には、雪で覆われ、足跡一つ残らぬ場所での殺人事件の話などが浮かんだ。

「どうせ、の意味が分からないけど」

「どうして犯人が映っていないんだ？」響野は顔をしかめる。

「もっと前から、犯人はこのフロアに来ていたかもしれない」成瀬がまた静かに答えた。

「もっと前？」

「数時間前かもしれないし、一日前かもしれない。今、再生させたのは午後二時あたりからの分だけだ。それ以前にやってきて、どこかでずっと隠れていた可能性はある。もしくは、従業員用のエレベーターを使ったのかもしれない。どこにそれがあるのか分からないが」

久遠が、「あ、それなら」と画面に映るエレベーターの横を指差す。「ちょうど隠れてるけど、ここに従業員用のエレベーターがあったかも」

ルームサービスのスタッフが映った。まさにその従業員用のエレベーターでやってきたのだろう。

「そうそう、火尻さんの部屋から出た後で、この人とすれ違ったんだ。だから犯人が従業員用エレベーターでやってきたとしてもカメラには映っているはずだよ」

「この女が犯人ってことはないか？」

「それなら順番が逆だ。犯人はこれより前に、火尻の部屋に入っていなくてはならない」

「響野さん、何でもかんでも思いつきを口にしたらいい、ってわけじゃないからね」

「いろんな発想をだな、どんどん言い合う自由さが必要なんだよ。たとえば、久遠、おまえが犯人だ！　という説だってありうるわけだ」

「僕が？」

「火尻の部屋で何があったかは、おまえから聞いただけだろ。実際には、おまえが火尻を襲っただけなのかもしれない」

「思いつきを言うのはタダだけどさ」

「驚くだろうがな、私のありがたい言葉はどれもタダなんだよ」

「でも、火尻さんの部屋を出た近くに、非常口のドアがあったから、そこの階段で出入りすることはできるんだよね。階段で来るなら、このカメラには映らない。たぶん、犯人は逃げる時に非常階段を使ったような気がするし」

「非常階段は、別の防犯カメラが映していないのか？」

「あるのかもしれないけど、そのデータはコピーしてこなかった。まあ、今度ホテルに行って、非常階段のところをチェックしてみれば防犯カメラが設置されているかどうかは分かるだろうけど」

「もう少し巻き戻してみるか」成瀬は提案する。「不審な人間が映っていないかどうか」

久遠はうなずき、パソコンを操作しようとした。

「あ、そういえばさっき彼女が映っていたな」響野は見たばかりの映像を頭で反芻《はんすう》していて、気がついた。

「彼女？　誰のこと」

「宝島沙耶だろ」成瀬が言う。「宝島沙耶はあの時、ロビーにいて慎一に荷物のことを訊ねていたからな。降りていくところが映っていてもおかしくない」

「その後、ロビーのところでファンが気づいて、騒いだんだよな」

「で、響野さんが取り押さえられたんだよね」久遠が駄目を押すように言ってきた。

「見方によってはな」

「どこから見ても、あれは」

久遠がパソコンを操作し、時間を戻した後でまた再生させる。

数人の出入りが映し出され、その波が止《や》んだところで一人の女性がエレベーターに近づくのが見えた。動きが止まる。正確に言えば、久遠が止めた。

サングラスにマスクをつけ、周囲を少し気にした様子だった。

「確かにこれは、あの宝島さんだね。この時に一階に降りたのか。廊下のこっち側、火尻さんの部屋とは逆側のほうから歩いてきてるから、彼女の部屋はそっちのほうなんだろうね」

「手ぶらだな」成瀬がぼそっと言う。

「何がだ」

「彼女はこの後、ロビーで慎一に、荷物を捜してくれ、と頼んでいた。手ぶらで行ったのなら、荷物はこの時点ですでになくしていたことになる」

「ロビーのどこかに荷物を忘れたことに気づいて、それを捜しに戻るところなのかもしれないね」

「だが、この映像を見ると、ほとんどすれ違いだったんだな」

「誰と誰がだ」

「宝島沙耶と火尻だ。彼女が降りた後で、火尻がロビーからエレベーターで戻ってきていることになる。鉢《はち》合わせになったら、火尻はどうするつもりだったんだ？　その場で取材を申し込んだのか」

「素知らぬふりで通り過ぎるだけかもしれないな。もしくは、ファンのふりをして話しかけたのか」

「あ、そういえばこの人、復帰したらしいね」久遠が声を高くした。

「宝島沙耶が？」

「昨日のテレビのワイドショーでやっていたよ。ほら、彼女が雲隠れしていたのは、海外映画からオファーが来て」

「プレッシャーで大変だったからだろ」響野は口を挟む。

「そう。ただ、その間、都内や横浜のホテルを転々として、自伝を書いていたんだって」

「自伝？」響野にはその瞬間、いくつか口にしたいことがぱっと頭に浮かんだ。二十代であれば、人生のうち半分も行っていない。それで自伝を書こうとはどういうつもりなのか。書かせようとする人間は何を考えているのか。果たしてそんな本が売れるのか。さらには、自宅もはっきりしない久遠はいったいどこでテレビを観《み》ているのか。が、とりあえずは、「ほら、私が言った通りだったじゃないか」と言った。

「え、何が？」

「ホテルに閉じこもって漫画でも描いているんだろ、と私は言ったはずだ。どうだ、この推察力は」

「そんなこと言ったっけ？」久遠が成瀬を見る。成瀬も、「どうだろうな」と首を傾げ、「言ったのか？」と響野に目を向けた。

「どうだろうな」響野も急に自信がなくなる。

「海外映画のほうは結局、どうなったんだ」成瀬が言う。

「さあ。もしかするとそれはただの言い訳で、実際は、自伝を書いていただけなのかもしれないね。とにかくその本、今月中には発売するんだって。サイン会もやるみたいだけど、怖いね」

「怖い？」

「雲隠れも話題作りのためだったんじゃないか、とかいろいろ言われてるみたいだからさ。サイン会に好意的じゃない人も来るかもしれないでしょ」

「そうなると火尻は本当に記事に書く内容がなくなったわけだな」

「だから僕たちにちょっかいを出してきているんだよ。お金を手に入れる当てが限られてきている」

「その、火尻が借金している相手も気になるよな」響野は、成瀬が田中から得てきた情報のことを思い出す。「何というやつだったか。クワガタかカブトムシか」

「大桑だ」

「カジノって言ったっけ？　それって前に僕たちがお世話になった鬼怒川さんのところみたいなやつ？」

「鬼怒川は今、どうしているんだろうな」響野は口に出したものの、特に感慨めいたものは浮かんでこなかった。

「あんな大規模のものじゃないようだ。マンションの一室で、カードゲームをするだけで、少数の人間を相手にする。大桑はそのフロアの部屋全部を使っているらしいから、儲かっているんだろうな。仕事場兼住居兼金庫、というところか」

「その人たち、怖いのかな」

「キノコを生やすくらいらしい」

「マリオ？」久遠がきょとんとしているが、成瀬はそれには答えなかった。

それからしばらくは、防犯カメラの映像をみなで繰り返し、確認することになった。読書中に作る登場人物一覧さながらに、映像に映る人物の特徴とタイムスタンプを、久遠が書き留《と》めていく。

十六階分だけで言えば、火尻の部屋の方向に移動していったのは、火尻自身とその隣の部屋に宿泊する男、部屋の清掃スタッフ程度しかいなかった。

「清掃スタッフが犯人か？」響野が言うと、久遠がかぶりを振る。「犯人だとすればずっと部屋にいなくちゃ変だよ」

清掃スタッフはすぐに戻ってきている。

「じゃあ隣の部屋の男か？」

「いや、あの時、火尻さんの部屋がうるさかったから、ドアを開けて、こっちを覗いてきたんだけど、体格はぜんぜん違った。隣の男はすごく体格が良くて、というか太っていて。覆面の男はスリムだったし」

なるほど、と成瀬は言ったが、すでに響野と久遠のやり取りには関心がないようで、パソコンの画面をじっと見つめている。表情は変わらぬが、頭の中で歯車を動かしているのは間違いない。

「成瀬、何か分かったか？」

「いやまだ分からない」

「さすがにおまえも、こういう事件の推理は難しいわけだな。藁の中から針を探すようなものだ」

「その諺《ことわざ》が相応《ふさわ》しいかどうかは分からないが」

「でも、少しは何か気づくところはあるわけ」

「少しはな」「ヒントちょうだいよ」「クイズではない」

「そうやって出し惜しみしているうちに、事件がどんどん起きちゃうのが定番なんだから」

「何の定番なんだ」成瀬が顔をしかめ、「とりあえず」と言った。「とりあえず、火尻に恨みを抱いている人間を絞っていくか」

「それはあれだな。藁の中から藁を探すようなもんだ」

「どういう意味だ」

「苦労なく探せる」

‖成瀬Ⅴ‖

せいーさ【精査】細かい点までくわしく調べること。どこまでが粗《あら》く、どこからが細かいのか定義が曖昧《あいまい》なため、言ったもの勝ちな側面はある。

「成瀬さん、オカピってはじめはシマウマの仲間だと思われていたんだけれど、本当はキリンの仲間だって知ってた?」ベンチに腰かけたところで久遠が言った。
「どうして、おまえと話をする時は、動物園が指定されるんだ」成瀬は言わずにいられなかった。前回の、響野の店での打ち合わせの後、成瀬は田中から細かい情報を手に入れ、一通り目を通した。久遠に頼みがあり、「話がしたい」と連絡を取ったが、すると、「じゃあ、ズーラシアに行こうか」と言ってきた。答えに困っていると、「ズーラシアが駄目な理由を言ってよ。アイス屋さんがなくなったから?」と追及してくるため、「土日であれば」と了解した。わざわざ成人男性が二人でどうして日本最大級の動物園に来なくてはいけないのか、と疑問はあった。とはいえ、結局は二人で来てオカピを眺めている。

「オカピは蹄《ひづめ》が二つに分かれていてね。ウマは一つでしょ。奇蹄目《きていもく》だから。あと、オカピは胃が四つあるんだ。ウマは一つ」久遠はとうとうと喋っている。「しかもキリン科って、キリンとオカピしかいないんだよね」

「まあ、あの縞々《しましま》を見れば、シマウマの仲間だと思いたくもなるよな」成瀬はオカピを指差す。森の貴婦人と呼ばれるのもむべなるかな、と思えるその縞模様の脚は美しい。

「逆のパターンの動物もいたの知ってる?」

「逆?」

「オカピの逆。オカピは体は馬みたいな色で、脚が縞々でしょ。その反対に、顔と体の前のほうが縞々で、脚がウマみたいな動物だよ」

「ピカオとか言うなよ」

「成瀬さん、それじゃあ響野さんと同じようなレベルだ」

「この上ない侮辱《ぶじょく》の言葉だな」

「クアッガというんだけどね。なぜか半分だけ縞々で、こっちはシマウマの仲間らしいんだ。クアッガとオカピが合体すると、完全体のシマウマになったんじゃないかな。あ、そうだ、これ持ってるんだ」久遠が急に思い出し、ポケットを探り、鍵を取り出す。何の鍵かは分からぬがキーホルダーのところに、動物の小さなフィギュアがいくつかついている。「これがクアッガ」と摘《つま》んで見せてきたのは、確かにシマウマの覆面を被ったような動物だった。「もうずいぶん前に絶滅しちゃってるんだけど」

「そうなのか」

「例によって、人間の乱獲《らんかく》が原因らしいよ」

「おまえが乱獲したかのような顔をするな」

「まあね。ただ、その時代に僕が生きていたところで、その乱獲を止められたとも思えないし。こうしている今も、動物はどんどん絶滅していってるけど、僕は何もしていない。同罪だよ」

　そのまま二人で順路を歩き、出口近くのカフェに入った。久遠は、「オオアリクイは絶対、尻尾と顔の部分が逆だと思う」としきりに言っていたが、席に座ると、「それで火尻さんを恨んでいる人はいそう？」と訊ねてきた。

「ほっとした」「何が」「このまま、動物園楽しかったね、と帰ってしまうのかと思ったからな。覚えてはいたんだな」「今、ちょうど思い出したんだよ。それで、火尻さんのことは」

「あの男の書いた記事を調べていくと、あちらこちらから恨まれていてもおかしくはないな」田中からもらった情報にはいくつもの記事があった。「あの男は加害者も被害者も関係なく、面白いエピソードがあれば、掘り出すようだ。大袈裟《おおげさ》な見出しで煽《あお》るものが多かった。まあ、見出しは火尻がつけたものじゃないかもしれないが」

「宝島沙耶の記事を書いていたら、ファンから恨まれただろうね。火尻さんはほんと、あちらこちらから恨みを買ってそうだなあ」

「そうだな。恨みを持っている人間はたくさんいて、収拾がつかない。だから、並々ならぬ恨みを抱いていそうな人間を探すことにした」

「並々ならぬ恨み？」

「襲いたくなるくらいの恨みを」

「火尻さんはあくまでも、ホテル荒らしだと思っているみたいだけど」

「ホテル荒らしの可能性もあるが、火尻に恨みを抱いている奴が犯人の可能性もある。ただ、仮に、今回のことに関係なかったにしても、火尻に強い恨みを持っている人間を調べておくのは、役に立つはずだ。対抗するための武器になる」

「火尻さんが、僕たちにしつこくしてきた時のために。それで、すごく恨んでいる人は見つかった？」

「火尻の記事が原因で、死んだ人間がいる」

「死んだってすごいね。まさに、ペンは剣より、だ。どういう記事だったの」

「一つは」と成瀬が言いかけたところで、久遠が、「ちょっと待って」と手を出した。「一つは、ということは、記事が原因で誰かが死んだケースがいくつもあるわけ？」

「そうだな」

「火尻さん、やるね」久遠は心のこもらぬ投げ遣りな言い方をした。

一つ目は、二年前に起きた小さな居酒屋の記事だった。食中毒を出し、子供が亡くなったのだが、その店主がやり玉にあがり、あちらこちらから批判された。とはいえ店主の態度は悪くなく、罪の意識を感じ、ひたすら謝罪を繰り返していたが、ある雑誌で、その店主のキャバクラ通《がよ》いが記事になった。キャバクラ通いは食中毒事件が起きる前の話で、事件が起きた後ではないのだから、冷静に考えればそのことを責めるのは筋違いだったが、記事は、キャバクラに夢中の店主が食材管理を怠《おこた》ったのではないか、と言わんばかりで、結局、店主は自殺した。

「別にキャバクラに行ったっていいじゃないか。その記事を書いたのが、火尻さん？」

「とはいえ、自殺の理由がその記事とは決まっていない。もともと店主は、食中毒で子供が亡くなったこと自体に、大きなショックを受けていたからな」

二つ目は、通り魔殺人だった。都内の大通りで深夜、刃物を持った若者が暴れた。二人が亡くなり、一人が負傷し、犯人はすぐに逮捕されたが、火尻はその負傷した被害者に目をつけた。

「ああ、それ、この間、火尻さんが自分で言ってたやつだ。真面目なOLだと思われていたのが、夜は風俗店で働いていたんでしょ」

「風俗店で働いていたことと、通り魔の被害者になったことには関係はない。なのに、面白おかしく記事に書かれたわけだ。中には、深夜まで仕事をしているから危ない目に遭ったのだ、という輩《やから》もいたかもしれないが、因果関係はない。火尻や火尻の記事を使う雑誌社の言い分はこうだ。『社会的な事件について、読者に関心を持ってもらうためなんだ』と。つまり、『もっと身近に!』ってわけだな。記事はいつだって、読者のため、読者と社会をつなぐ懸《か》け橋でなくては」

「いくら懸け橋といっても、被害者のプライバシーをそこまで書いたらさすがに問題になりそうだけど」

「問題にはなった。雑誌には謝罪記事が載った」「それで?」「それだけだ」「それだけ?」

「ごめんね、これから気を付けます、の謝罪文が載っただけ。一度書かれた情報は取り消せないというのにな。人の記憶を消すわけにはいかない。結局、職場にもいづらくなったその女性は自殺した」

「あら」

「もう一件は」

「あと何件あるの？　まだまだ続くんだったら、もう少し食べ物を注文するけど」

「これでおしまいだ。これは、学校の先生の話でな。教え子に侮辱的な呼び名をつけたり、正座をさせたり、『処刑』と呼んで、鉛筆で手のひらを刺したりもしていたのがニュースになった」

「ひどいね」

「デマだったんだ」

「え？」

「生徒の親が、その教師とウマが合わなくてな、出まかせを記者に流した」

「火尻さん登場？」

「ただ、もちろん火尻もデマだとは思わなかった。その母親の嘘に騙されただけだ。子供とその仲間数人にも嘘の証言をさせて、火尻はそれを信じて記事にした。身近な記事にな」

「嘘だとすぐにばれそうなものだけど」

「本当は教師が強く反論すれば良かったんだろうな。ただ、記事が話題になりすぎたから、教え子が嘘を言っていたとなると今度は、子供たちが非難されると思ったわけだ、その教師は。教え子たちを守るために、強く反論はしなかった」

「いい先生だ」

「自分の生徒たちは分かってくれる、と信じていたんだろう。ただ、教師は職を失い、結果的に、ほとんど自殺と言ってもいいような状態で、ホームから電車に飛び込んだ」

「ひどいね」

「その後で、教師の悪評はデマだったと分かるわけだ。もちろんそんなことは地元の人間や生徒たちには自明のことだったんだが、とにかく世間にも判明した。火尻にもな」

「そして、謝罪記事を書いただけ？」

「この場合は、謝罪はなしだ。法律的には問題のない範囲だった、という判断なんだろう。火尻からすれば、自分も嘘をつかれた被害者という意識もあったのかもしれない」

「火尻さんのファンになりそうだよ」

「死んだ人間の関係者が恨みを抱いてもおかしくはない。火尻は罪に問われることはないしな。それならばいっそのこと、自分が手を下してやる、と思う人間がいても」

「それが、僕があのホテルで会った男？　だとしたら悪いことしちゃったなあ。復讐《ふくしゅう》させてあげれば良かった。邪魔をしちゃったよ」

「恨みのある当人なのか、その人物に頼まれた人間なのかは分からないが。まあ、おまえが邪魔したのは事実だが、復讐したら幸せになれるかといえばそうではないだろ」

「で、どれ？　今、話してくれた三件のうち、どれが正解なの」

これがクイズのように正解がすぐに提示できるのであれば楽だ、と成瀬はつくづく思う。久遠も、ここで三択問題の答えのように解答が出てくるとは思っていないはずだ。

「それをこれから調べるんだ」

「僕に相談というのは何？　僕は何をやればいいわけ」

「おまえがホテルからもらってきた防犯映像を繰り返し見たんだが」

「そんなに何度も見るほど、面白い？　あ、もしかするとまた、別の防犯カメラの映像を取ってこい、ってこと？」

「いや、そうじゃない。ただ、カメラの映像によれば、犯人はエレベーターでやってきてはいない。十六階自体に宿泊客が少なかったのかもしれないが、廊下を移動する人間がそもそもあまりいなかった。さらに、火尻のいた1601号室のほうへ向かう怪しい人物もいない」

「やっぱり、非常階段を使ったってことだろうね」

「火尻の部屋の隣、1602号室の男は何か知っているかもしれない」

「この間も言ったけど、隣の男は犯人とはぜんぜん体型が違っていたけれど」

「犯人じゃないにしても、1601号室の物音には気づいたんだろ？　だから様子を見るために廊下に出てきた。会って、その時の話を聞けば、犯人がどこから来たのか分かるかもしれない」

「でもどうやって、話を聞くの？　名前も分からないのに」

「佐藤《さとう》さんだ」

「え？　カメラに、名札が映ってたの？」

「ホテルに電話をかけたんだ」

「何て」

「この間の日付を言って、1602号室に宿泊したのだが、財布を落としたんだ、と話した。もし、届けがあったら、住所宛《あ》てに送ってほしい、と頼んでな。俺がごにょごにょと小声で名乗ってみせたら、向こうは端末を操作して宿泊情報を調べたんだろう、『さとうふみおさんですね』と言ってきた」

　財布が見つかった場合はまず電話連絡をしてほしい、と依頼し、それとなく、「登録されている連絡先は何番だったか？」と訊ねたところ、向こうが携帯電話の番号を口にした。

「ホテルの人、ちょっと迂闊《うかつ》だったね」

「個人情報にこれだけ神経質な時代でも礼儀正しく振る舞う相手についてはなかなか疑えないものだ。もし、警戒されたら別の方法を使ったさ。とにかく、電話番号も分かっている。連絡をして、どこかで話を聞きたいと言ってみる価値はある」

「なるほど、それを僕に頼みたいわけだ？」

「そっちは俺でもできる。おまえには別の」

「成瀬さんにできなくて、僕にできること」

「別におまえが得意な分野でもないんだが」

その時、成瀬のスマートフォンが着信した。「雪子からだ」

「どうしたんだろ。また、当たり屋かな」

通話ボタンを押すと、「今どこ？」と鋭い声が聞こえてくる。急いでいるのは伝わった。

「ズーラシアだ」

「何でまた。あ、久遠と一緒？」さすが雪子は鋭かった。「ということは役所の仕事とかじゃないわけね。良かった。じゃあ、今から迎えに行くから」運転中のようだった。

「今から？　何だそれは」

「ズーラシアのどこ？」

「出口近くだが」

「それは好都合。あそこ広いからね。じゃあ、すぐに出て、ええと」雪子はカーナビの地図を操作しているらしい。「動物園を出て、バスプールを過ぎたら、右方向に進んで。わたしのほうはあと六百秒でそっちに着くから」

「六百秒で？　今はどこだ」

「そこから車で六百秒のところ」

電話が切られ、成瀬は、久遠に説明し、すぐに出口に足を向ける。

「いったいなんだろうね。人の休日に強引に割り込んでくるなんてさ」不満げに久遠は洩らす。

「急いでいるふうだったな」

「でも、雪子さんがそんなこと言ってくるなんて珍しいよね。響野さんなら、いつものことだけど」

「あいつは、迷惑をかける天才だからな」

「天才とか言うと調子に乗るから言わないほうがいいよ。天才の反対語って何だろ？　凡才？　天才の反対は、努力家？」

「迷惑をかける努力家」成瀬は口にするが、ぴんと来なかった。

僕はまだ動物たちを眺めていくよ、と久遠はあっさりとしたもので、じゃあね、と別れた。

成瀬はバスプールを歩き、足早にぐるっと移動し、右方向へと進んでいく。そろそろ十分くらい経つのではないか、と思ったところで、軽快なクラクションが背中にぶつかり、振り返るとすぐそこに車が停まった。

「成さん、乗って」運転席に座ったまま雪子は言い、その声が開いた助手席の窓から届く。急いでいるのは明らかであるから成瀬はすぐに助手席に乗り込む。シートベルトを触っているうちにも、車は発進した。「残り、一二五〇秒」

「何のカウントダウンなんだ」加速により体が座席に押し付けられる。車は滑らかに車線を移動し、県道を横切った後で国道に入り、東南方向へ進む。「慎一に何かあったのか?」

「慎一は大丈夫」

ハンドルを握る雪子の横顔は、苦悩するかのように渋い表情であったが、そこまで悩んでいないのは分かる。

「説明している暇はないから、とりあえず座っていて」

「相手の勢いに押されるがままに騙される人の気持ちが分かるな」説明されていないにも

かかわらず、詐欺に巻き込まれていくのはこういうパターンなのだろう。「意外に、逆《さか》らえないものだ」

雪子が運転する車は例によって、ほとんど停車することがない。実際には、信号が青になる道を選んで走っているのだが、こちらの走行に合わせ、信号が切り替わっていくようにも見えた。

大通りを抜けると、オフィスビルの並ぶ町並みが現われる。

「地図が頭に全部入っているのか?」

「だいたいはね。ナビを使ってもいいんだけど、時々、喧嘩《けんか》になるから」

「喧嘩? 誰と誰が」

「わたしとナビが。何でそっち行かないといけないの? とか文句、言いたくなる」

滑るように走ってきた車は、止まる時も滑らかだった。緩やかに速度が落ち、ブレーキでつんのめることもなく、すっと停車する。雪子は姿勢を低くし、窓から横の建物を見上げた。「ここみたいね」

「どうすればいいんだ」

「ここの二十五階だって。エントランスで2501号室を呼び出して、『着払いです』と言えば開けてもらえるらしい」

「誰にだ」

「二十五階に着いたら、門番がいて、エスコートしてくれる。みたいよ」

「そんな一方的な説明で、人が納得すると思うのか」成瀬は呆れ口調で言ったが、車を降りる選択肢《し》しかなかった。

マンションに入れば、エントランスは天井が高く、ずいぶん豪華だった。管理人室らしき部屋が横にあり、そこから目つきの鋭い男がこちらをじろじろと眺めているが、声をかけてくる様子はない。とはいえ、不審な動きをすればすぐに捕らえるぞ、と言わんばかりの威嚇《いかく》的な睥睨《へいげい》ではあった。

オートロックゲートの前に立ち、２５０１を押す。ほどなく反応がある。「はい」と無愛想な男の声だ。

「着払いだ」と成瀬が言うと、自動ドアがすっと開く。

エレベーターがちょうど一階に停まっており、それに乗り、二十五階に向かい始めたところで成瀬は、久遠に会って頼むつもりであったことをまったく話せなかったことに気づいた。いったい何をしに動物園まで行ったのか。

エレベーターの上昇はあっという間に終わり、扉が開く。前に立っていたのは、背広を着た若い男だった。見るからに高級そうな背広が、ホストとは明らかに違う風格を漂《ただよ》わせている。短髪で、黒い眼鏡をかけ、理知的に見えた。

「こちらへ」と成瀬を連れ、廊下を歩いていく。

成瀬は、「なるほど」と口に出している。ようやくここがどこなのか見当がついてきた。

「カードゲームができるのか」

「ええ」相手が答える。

火尻が借金をこしらえたというマンションカジノがここなのだ。

「カードは得意ですか」ロボットが喋るような言い方で、若者は訊ねてきた。答えに興味がないのは明らかだ。

「ばば抜きくらいなら」

「ご希望なら、それもできますので」どこまで冗談なのか、彼は言った。

ここです、と廊下の端の2501号室の前で言われる。

これはどういう状況なのか、と想像する。カジノの人間が自分を呼び出したのか？　火尻の情報をもとに、こちらに攻撃をしかけてきたものの、なかなか金を奪うところまでは行かないため、手っ取り早くカジノで巻き上げることにしたのだろうか。とはいえ、雪子がここまで案内してきたのは妙だった。成瀬をここに連れて来い、と脅されたのか？　そうは見えなかった。

ドアが開き、中に入る。想像とは異なり室内は明るく、クラシック音楽が流れている。清潔感のある、白い壁クロスにも品があった。

その部屋には白い大きなテーブルがあり、男たちが座っていた。カードが置かれ、チップコインも積まれていた。

向かい側にいる男はよく知った顔で、トランプを握ったまま、成瀬を見ると苦笑いを浮かべた。「いやあ、成瀬、遅かったじゃないか」

成瀬は息を吐く。「まったくおまえは努力家だな」

‖　響野　Ⅲ　‖

れっ―せい【劣勢】勢いが劣っていること。不利な状態。また、そのさま。「俺たちは―だという意見が優勢らしいぞ」

「おまえに助けてくれと言っても、来てくれるかどうか怪しいだろ。おまえは、ほら、何というか私のやることに」

「うんざりしているからな」

「慣れているからな。私が嘘をついていると思うかもしれない。だから、おまえを有無を言わせず連れてくるように頼んだんだ」

隣に座った成瀬は、さすがというべきか、突然やってきた物々しい雰囲気の部屋に怯えた様子もない。「どうしてここに来たんだ」

「そりゃまあ」火尻が借金帳消しのために、カジノグループを唆《そそのか》しているのならば、じっとはしておられない、と響野は考えたのだ。こちらから飛び込んでやるべきではないか、と思い、このマンションにやってきたが、それが文字通り運の尽きで、ポーカーをやればやるほど負けが込んだ。

「どうやってこの場所を知ったんだ」

「火尻に連絡して、教えてもらったんだ」久遠が名刺をもらっていたため、その番号にかけた。火尻は、響野が久遠たちの仲間だと知っていたのか、もしくはその電話の内容からそう知ることになったのか、後者の場合はようするに響野のせいで傷口を広げたことになるのだが、とにかく、会員制カジノ入店について便宜《べんぎ》を図《はか》ってくれた。

「その結果、これか」成瀬が、響野のほとんど残っていないチップの山を、山と呼ぶよりはただの高台、突起にしか見えないものだったが、それを目で指した。

「一千万は、いってますよ」前に座る背広の若者が言った。鼻が高く、二重瞼《ふたえまぶた》がくっきりとしており、二枚目だ。表情はなく、ロボットじみている。いつかの万博で見た受付ロボットが進化して、ここに来たのか、と響野は思いたくなった。

「そんなに取られて、大丈夫なのか？」成瀬が眉をひそめる。

「大丈夫ではない」

「なら、どうしてそんなに負けるまでやめなかったんだ」成瀬が視線を前に向けると、目の前の若者は、彼が大桑という名の、ここを取り仕切る者だとは分かったのだが、「別に、僕たちが追い込んだわけではありませんよ。閉じ込めたわけでもないですし、彼も帰ろうと思えばいつでも帰れたんです」と話す。

その通りだった。暴力はもちろん脅しめいたものは一切なく、さらにいえば、威圧《いあつ》的な言動もなかった。穏やかに優雅な雰囲気の中、贅沢《ぜいたく》な娯楽に興《きょう》じる幸福感すら覚えるほどだった。ゲームが終わるたびに、「そろそろおしまいにしてもいいですよ」と確認されたが、響野はやめなかった。理由は簡単だ。悔しかったのだ。

自分に良い手が来ていないわけではなかった。ツキは悪くない。取られた分の倍賭《が》けをすれば、次に勝てば取り戻せる。その期待から、「もう一回」とゲームを続けた。

それがあちらの作戦なのだろう。が、そう思っても意志がそれに従うとは限らない。相手が優位にいるのが分かれば分かるほど、大逆転を夢想してしまう。

「これでおしまいにしたらどうですか、と先ほど言ったのですが、そうしたところ、友人を呼んでもいいか、とおっしゃったんです。助っ人《すけと》として呼ばせてくれないか、と希望されまして。本当であれば、そういった話は受けないのですが、『ともだちテスト』は嫌いではないので」

「ともだちテスト?」

「おまえに真の友人がどれだけいるのか、というテストです。急に電話をかけ、『今すぐ来てくれ』と頼むんです。事情を話さず、何人が来てくれるのか。これがね、やってみると意外に、来てくれないんです。それぞれの人にはそれぞれの日常や用事、予定がありますからね。急に来てくれ、と言われて、すぐに対応できないんですよ」大桑は言う。「ともだち、というのはね、自分の会いたい時に会いたい人のことを言うわけで、相手の会いたい時に会ってあげたい人のことは言わないんですよ。だから、本当に、あなたが来るのかどうか試してみるのも面白いと思い、三十分だけ待ってみることにしたんです」

実際のことを言えば響野は、成瀬に直接電話をかけて、来てもらったわけではない。そのふりをし、雪子に、「無理やり連れて来てくれ」と頼んだだけだったが、どうやらそのことは気づかれていないようだった。

「良かったよ、おまえが本当の友達で」

「無理やり連れて来られたんだ」

「それで」大桑の首が動き、成瀬をまっすぐに見る。「どうされますか？　かわりにやりますか」

「もちろんだ」「もちろんやらない」

響野と成瀬の声が重なり合い、次の発声もぶつかる。

「何でやらないんだよ」「どうしてやらないといけないんだ」

「頼むよ。このままだと私の大事なお金がなくなってしまう」先日、銀行強盗によって得た金であるから、自分の金だと言い張ることに若干の後ろめたさはあったが、仮にそれを、曖昧模糊《もこ》とした「みんなのお金」と捉えてみると、「みんなのお金」をカジノに吸い上げられてしまうのは心苦しい、という身勝手な思いもあった。

成瀬はずいぶん長い間、黙っていた。大桑やそのまわりにいる者たちは急《せ》かすことなく、その待ち時間を楽しむかのように、座っていた。

「やるとすればポーカーなのか」と成瀬は目の前のカードに目をやっている。

その気になったか、と響野は喜ぶが、それを口にした途端、トンボが飛んで逃げるが如《ごと》く、成瀬のやる気が消えるのは分かるため、口を噤む。

「好きなカードゲームがあるなら、それでも」

「いや、ポーカーでいい」成瀬は言う。「あいつの負け分の倍賭けで」

「友情に涙が出そうです」大桑が血の通わぬ口調で言う。

「友情じゃないから、俺も涙が出そうだ」成瀬は答える。

一対一のポーカーはあっという間にカードが配られ、すぐに決着がつく。一枚ずつカードを交換した後で、成瀬が勝負を降りたのだ。「勝てない」

「カードを開くまで、勝ち負けは分からないですよ」

「分かるよ。君のカードは強い」

成瀬が言うからにはそうなのだろう。響野も、「それでも勝負しろ」とは言えない。通常であれば、相手が降りた場合、自分のカードを開く必要はないが、大桑は、「特別にお見せしますね」とフルハウスとなった五枚のトランプを表にした。

やはりどちらにせよ負けていた。大桑がいかさまをしている証拠は、つかめていなかった。いかさまをしているかどうかも定かではないが、これだけ負けない手が入っていることを考えると、よほど強運なのか操作しているのかの二択で、どちらにせよこちらが打てる手は少ない。成瀬であればどうにか対抗できるのではないか、と縋る思いで響野は、成瀬を呼んだものの、さすがに簡単なことではない。

「というわけで、これで二千万ですね。あとで入金方法をお知らせしますので、期日までに払っていただければ」

「俺たちが行方を晦《くら》ましたらどうするんだ」成瀬が訊ねる。

「もちろん、捜しますよ」平然と答える大桑の声はほとんど棒読みのようだったが、それがむしろ威圧感を滲《にじ》ませている。捜し出せる自信があるのだろう。「ただ、お互いの手間を減らすためにも、約束を守ってもらえると助かります」

「響野、おまえが俺の負け分も払ってくれるのか？」成瀬が、響野を見てくる。

「どうして、私がおまえに巻き込まれなければならないんだ」

響野の言葉に、成瀬はまばたきを速くし、じっと見つめてきた。

「どうかしたか」

「いや、おまえが、俺の台詞を喋ったからな、台本を確認したくなったんだ」

どこに台本があるのだ、と響野は不満げに洩らす。

「とにかくこちらはお金を支払っていただければ、問題ありません。どういった形でも」

「どういった形でも？」

「換金できるものなら、絵画でも土地でも、万馬券でもスポーツくじでも大丈夫です」

「スポーツくじ？」

「サッカーくじですよ。少し前に、すっからかんでお金を払えない人がいまして。僕たちも乱暴するつもりはなかったんですが、払ってもらえないことには困りますから。どうしたものかと悩んでいたところ、その彼が一《いち》か八《ばち》かでサッカーくじに挑戦したんです。両手を縛《しば》られた状態で必死に予想したんですよ」

どうして両手が縛られていたのか、と問う気にはなれなかった。彼らが本気を出せば、それくらいのことはするということなのだろう。

「それが当たったわけか？」響野は質問する。

「ええ。いくらだったか」大桑が言うと、その背後に立つ若者が、「一千五百」と答えた。

一千五百円のわけがないから、一千五百万円ということなのだろう。

「執念で当てたわけだな」成瀬が感心した。

「ですね。せっかくですから、額に入れて飾ってますよ」大桑が壁を指差す。そちらのほうに、額を置いた部屋でもあるのかもしれない。

「換金せずにか」

「お金よりも、当籤《とうせん》したスポーツくじのほうが目新しいですからね」

「せっかくだから訊きたいことがあるんだが」成瀬が、大桑を真《ま》っ直《す》ぐに見る。

「何でしょ」

「最近、俺や知り合いのまわりに、怖いことが起きているんだ。痴漢に間違われそうになったり、車を当てられそうになったり」言いながら成瀬が周囲のスタッフを眺めていく。病室というよりは実験室にも似た真っ白な室内の、椅子に腰かける男に視線をやったと思うと、「ちょうど、そこの彼のような人が、電車で俺のすぐ後ろにいたような記憶もある」と成瀬は言う。

大桑は、成瀬の憶測、ほとんど決めつけとも言える物言いにも怒らなかった。表情を変えない。

「こちらから言うことは特にありません」大桑の声は、スプーンで皿を叩くような無機質な響きしかなかった。

「ああ、それなら」成瀬が遠慮気味に続けた。「もし、勝ったら、俺のお願いを一つ聞いてくれないか」

「勝ったら？　まだやりますか」

「ポーカーは時間がかかる。もっと手っ取り早い方法で」

「その方法とは」

「一枚トランプをめくってくれ。それが六より上かどうか、俺が当てる」

「一か八かの賭け事はあまり面白くありません」

「俺が一度だけ質問をする。君は嘘をついてもいい。その反応を見て、俺は当てる。一か八かではなく、心理戦、読み合いだ。たぶん、君は得意そうだが」

誘いに乗ることを良しとしない可能性はある。大桑がどういう態度に出るのか、響野には分からなかった。

ほどなく、「やってみますか」と大桑が答えた。スタッフはそのことに驚きもしなければ、楽しそうでもない。全員、万博出身か、と響野は思いそうになる。

大桑がシャッフルしたカードから一枚を引いた。手の中でひっくり返し、目を落とす。

「六より上か？」成瀬は直截的な問いをぶつける。

「はい」と大桑が即答した。

表情からは何も読み取れない。成瀬は別段、相手の顔を凝視するでもなく、どちらかといえば、一瞥《いちべつ》する程度だった。が、特に悩むでもなく、「六より上だ」と断定口調で言った。「約束通り、俺のお願いを」

「どうして当たりだと分かるんですか」大桑はほんのわずかではあるが、戸惑いを浮かべた。カードをひっくり返すと、8の数字が見えた。

「こっちのお願いは一つだ。俺たちにこれ以上、関わらないでくれ。俺たちは別に、君たちに迷惑をかけていない。たぶん、火尻が、俺たちなら金を出すとでも情報を提供したんだろう。俺たちと火尻の間にはいろいろと、何というのか」

「複雑な事情」

「そう。複雑な事情がある。正直なところ、俺たちは金を出せない。出せないうえに、トラブルに巻き込まれるのが嫌いなんだ」

涙の訴え、とまではいかぬものの、真っ直ぐな要求に、隣で聞いている響野は驚いたが、下手に仄めかしたり、回りくどい説明をするよりは面倒がないのも分かる。

「了解です」大桑の返事はあっさりしていた。

「いいのか」

「もともと、借金の回収のかわりに、行動してみただけです。あわよくば、というと聞こえは悪いですが、こちらも半信半疑の部分もありました。そちらが先に、我々に攻撃を仕掛けてきたのならまだしも、そうではありませんし、なかなか簡単には行かないと思いはじめていたところですから、今後は一切、関わらないですよ」

成瀬は拍子《ひょうし》抜けしたのか、眉を上げ、響野を見た。「それは助かる」

「あの火尻さんは自分を守るためなら、何でもやるタイプですしね」

「よく分かるな」

「それなりに付きあいは長いですから。あ、ただ」大桑が言う。「そうはいっても、あなたたちが仮に、我々にちょっかいを出すようなことがあったら」

「ない」成瀬は否定した。「キノコはまっぴらだからな」

大桑の表情は変わらなかった。「面白い方ですね」

「面白がっているようには見えないが」

「ゆとり世代ですから」

「いつの時代も、若者を揶揄する呼び名はある。というよりも、ゆとり世代と呼ばれる若者はみんな、そんなに落ち着いているのか？」

「ゆとり世代に、そんな難しいことを訊かないでください」そう答える大桑は、明らかにこちらよりも知能が高そうで、自虐《じぎゃく》や韜晦《とうかい》というよりも、マントをひらりひらりとさせ、厄介《やっかい》な攻撃をかわす優雅さがあった。ゆとり世代と揶揄されることを逆手《さかて》に取り、自分の優秀さをはぐらかそうとしている。

「謙遜《けんそん》家だ。政治家に見習ってほしいほどだ」

「政治家にもいろいろな方がいますよ」

「なるほど」

「自分の意見が通らなかった時の反応で分かります。ムキになって怒り出すのは三流です」

「まあ、とにかく今日はこれで帰ろう」響野は立ち上がり、さっさと帰ろうと思い、部屋のドアへ向かって移動しようとしたが、壁際の低い棚にずいぶん大きな水槽《すいそう》があり、目をやった。中に砂や水が、ジオラマさながらに配置されている。「これは」

「ああ、それは亀です」大桑が説明を投げてきた。「おばあちゃんの形見みたいなものですよ。亀は万年。実際、おばあちゃんよりも長生きして」

言われてみて、その水槽内の、茶色がかった白色の大きな石と思っていたものが、甲羅《こうら》だと気づく。ハンドボールほどの大きさで、ごつごつと岩じみた外観だ。

気づくと両脇に、背広姿の男が立っている。先ほどまでとは違い、神経を尖らせ、こちらに圧迫感を与えてくる。「何だよ、私が盗むとでも思ったのか？」

「乱暴に扱うと寿命に影響しますから」大桑が言ってくる。

「寿命が万年から千年に」成瀬がぼそりと言った。

万引きを監視されているようで、響野は居たたまれなくなり、その場を離れる。

すると成瀬の言葉が聞こえた。「さらにお願いで恐縮なんだが、もう一回、勝負をしないか？」

響野は、成瀬の横顔を眺める。

「また当てたら、この男の負け分を帳消しにしてほしい」

＝久遠Ⅳ＝

えっ―けん【謁見】身分の高い人にお目にかかること。「女王に―する」「―が許されたのだ。えっへん」

久遠は、後ろにいる成瀬を見て、少し笑いそうになる。「成瀬さんがここにいるのを役所の人が見たら、驚くだろうね」

「そうか？」

「意外な側面を見たと思うんじゃないかな」

「帰りたくなってきた」

「一緒に来てくれと言ったのは、成瀬さんじゃないか」

成瀬が顔をしかめる。「それにしても、まだなのか」と腕時計を確認していた。

「もうそろそろじゃないかな」久遠は言う。成瀬が居心地《いごこち》悪そうにしている姿は珍しかった。自分は列から離れ、遠くから成瀬の様子を観察したくもなる。列が進む気配はない。立ったまま久遠は、先日、成瀬と一緒にホテルを再訪した時のことを思い出す。

宿泊客のふりをし、二人でエレベーターに乗り、十六階まで上がり、火尻が宿泊していた1601号室の位置まで進む。途中で久遠は、「このへんで僕が音を聞きつけたんだ」と説明する。

「何の音だったんだ？」

「え」

「おまえから話を聞いた時は、火尻と犯人が揉《も》み合っていたのかと想像したんだが、確か、火尻は眠っていたはずだ」

「僕が鳴らしたチャイムで起きたんだ。そうだね、あれは何の音だったんだろう。もしかすると、犯人が火尻さんの部屋に入った音だったのかも」

「なるほど、ドアが閉まったところだったのか」

「たぶんね」あくまでも憶測に過ぎなかったから、そうとしか言いようがなかった。

その後、久遠は、成瀬がうろうろと歩くのに付き合い、廊下を別の端まで歩いた。

「このどこかの部屋に、宝島沙耶が泊まっていたってことだね」

「俺にはアイドルや女優のことは分からないが、やっぱり、有名人には興味があるのか？」

「僕に訊いてるの？」

「いや、間違えた。名前の長い動物ならまだしも、おまえが女優に興味があるはずがないな」

行ったり来たりした後、従業員用エレベーターの位置を確認すると、「じゃあ下に戻るか」と成瀬が言う。当然ながらエレベーターで降りるのかと思えば、「非常階段で行こう」と言ってくる。

「ここ、十六階だよ。階段で行くにはちょっと高い」

「犯人はそこから逃げたのかもしれないんだろ。辿ってみよう」

１６０１号室のほうへと引き返し、「非常口」の表示のあるドアを開いた。屋内階段が螺旋《らせん》になりながら下から上へと、もしくは見方によれば上から下へと、続いている。

階段のところにも防犯カメラがついているのを発見したのは、成瀬のほうが先だ。非常階段の高い位置に、小さなドーム型の器具がついている。

「ずいぶんセキュリティがちゃんとしているんだね」

「監視されているようで、嫌がる客もいそうだが」

「でも、だからこそ宝島ちゃんはこのホテルに泊まることにしたのかな」

「どういうことだ」

「ホテルの中に怪しい人が入ってきたら困るじゃないか。何かあった時のためにカメラがたくさんついているホテルのほうがいい」

「怪しい記者が同じ階に泊まっていたけどな」

「それってたぶん、ホテルの誰かが火尻さんを手助けしたってことだよね。誰なんだろう。予約の係の担当者かな。誰がそういうことをしたのか、調べてみる？」

「いや、今は、火尻に融通を利かせた人間よりも、火尻に恨みを持っている奴を探したい」

「この非常階段の防犯カメラ映像を入手できれば、僕が会った犯人も映っているってことかな。また、録画データを取りに行くの？　もうやだな」さすがに何度も行くのは危険であるし、何よりも面倒臭い。

「いや、それもしなくていいだろう。おそらく映っていたとしても一瞬だろうし、犯人が目出し帽を被っていたのだとすれば役立ちはしないからな」

「成瀬さんは優しいなあ。僕がやりたくないことを、全部、やらなくていいと言ってくれて」

「別に、久遠のために言ってるわけではない」

「無駄な作業はしなくてもいいと判断できる上司は、ありがたいよ」

「まるで会社勤めをしたことがあるような言い方だな」成瀬が笑う。

ホテルを一回りした後で、久遠たちはラウンジカフェでお茶をし、慎一の働きぶりを眺め、帰ったのだが、その時に成瀬がふと、「もし、火尻に恨みがある奴が犯人だとしたら、わざわざこんな防犯カメラの多いところで、火尻を襲わなくても良かっただろうな」と言った。

「ここでしか火尻さんに会えなかったのかもよ。火尻さん、実は、なかなか謁見《えっけん》できない貴賓《きひん》みたいな存在だったりして」久遠もそんなわけがないとは分かっている。

「襲った人間が、どうしてあのホテルを選んだのか、その理由が重要かもしれないな」

「たとえば?」

「そこで久遠、おまえにお願いがあるんだ」

そのお願いの内容を聞いた久遠は驚きつつも、笑ってしまった。「そんなの一人で行けばいいじゃないか」

「気恥ずかしいんだ。慣れていないからな」

「僕だって別に慣れていないけれど」

　ようやく時間になったのか、先ほどまでの雑然とした騒がしさが、しんとなり、それから別のざわざわとした気配がみなぎっている。

　久遠たちが並ぶ列が前に進んでいく。振り返り、後ろにいる成瀬に、「テレビカメラが来ているよ」と言った。斜め前方に、いくつかカメラが構えられている。

「映りたくないものだ」

「僕たちを撮りに来たわけじゃないからね」

　イベントを仕切る人たちがあちらこちらで、列を整理し、久遠たちも少しずつ前に進んでいく。ずいぶん後方にいると思っていたが、予想よりも早く、先頭が見えてきた。

「あれが、宝島沙耶か」成瀬が言ってくるが、久遠も、「きっと」と答えることしかできない。「僕、人の顔を覚えるの苦手なんだよね」

「レッサーパンダの個体はすぐに見分けるのにな」成瀬は言った後で、持っている本を持ち上げ、「これを渡せばいいんだな」と確認してくる。

「そうだよ。あとはちゃんと、相手に敬意を払わないと駄目だよ。冷やかしじゃないんだから」

「もちろんだ」

久遠は事前に購入していた本、宝島沙耶が書いたという自伝をぱらぱらとめくる。「これ、成瀬さん、読んだの？」

「読んだ。意外に好感が持てた。自然体で丁寧だしな。波乱万丈《ばんじょう》の人生を売りにするような本とは違って、私小説のような味わいがあった」

「へえ」と久遠は答えたところで、スタッフが寄ってきて、サインをしてもらうための手順を伝えてくる。

「宝島沙耶サイン会」のパネルがあり、長いテーブルに宝島沙耶が座っている。清潔感のある、美しい顔立ちでペンを走らせ、前に立つ相手に言葉をかけた。

順番が来て、久遠も前に進む。

「ありがとうございます」と宝島沙耶が言ってくれたが、何に対しての礼なのか久遠には一瞬分からない。本を買ったからか、と遅れて気づいた。

「応援しています」と久遠は言った。

また礼を口にしながら彼女がサインを書いた。

「あ、そういえば」頃合いを見計らって久遠は訊ねる。

反射的に宝島沙耶が顔を上げた。

「火尻さんという記者、知っている？」

少し微笑んでいる表情に大きな変化はなかった。ただ、「うん？」という様子で顔を傾けただけだった。久遠は、「あ、なんでもないです」と答える。

「この本、どうでした？」彼女が訊ねてきた。

久遠の口から出たのは、「波乱万丈の人生を売りにするような本とは違って、私小説みたいで、良かった」という、成瀬から聞いたばかりの感想だったが、彼女は目を細め、「嬉しいです」と答えた。

サイン本を受け取り、その場を離れる。成瀬がサインをもらっている姿を眺める。列には、老若男女、さまざまな人たちがいて、成瀬の存在が浮いているわけでもなかった。

「成瀬さん、あんな反応で分かるの？　やっぱり女優もやってるからか、本心がまったく分からないよ」合流したところで、成瀬に言った。

「いや、かなり分かりやすかった。おまえが質問をした時、彼女は嘘をついていた」

「あれで、嘘をついていたの？」まったく読み取れなかった。

先日、ホテルのラウンジで、「宝島沙耶のサイン会に行きたいから、一緒に来てくれ」と頼んできた後で成瀬は、「俺が引っかかるのは、あの時ちょうど、宝島沙耶がロビーにいたことなんだ」と続けた。

「いたっけ？」

「ロビーで慎一に話しかけていただろ。ファンに見つかって騒ぎになったが」

「それなら余計に無関係なんじゃないの？」

「あの防犯カメラの映像によれば、宝島沙耶は、火尻が戻ってくるのとちょうどすれ違いでエレベーターで降りた。偶然かもしれないが、わざとそうした可能性もある」

「わざと？」

「疑われないためだ。記者が襲われた時、自分が同じフロアにいたらいろいろ面倒だろ。だから、アリバイを作るためにロビーでホテルマンに話しかけた」

「ようするに、宝島沙耶が計画したってこと？　実際に襲おうとしたあの犯人は共犯なのかな。でも何のために。付きまとってくる火尻さんが邪魔で、警告したかったとか？」

「ただそれだと、いくらアリバイがあっても、自分が怪しまれる」

「火尻さんから何かを奪いたかったとか？　記事にされたらまずい写真とかさ」

「そんなものがあるなら、火尻はすぐに雑誌に売っているような気がするがな」

確かにお金に困っている火尻に、出し惜しみする余裕はないだろう。「ちょっと待って。成瀬さんは、宝島沙耶が怪しいと言いたいの？　それとも怪しくないと言いたいの？」

「たぶん、動機が別にあるんじゃないか」

「動機が別に？」

「自分に付きまとっているから、という理由ではないのかもしれない。むしろ、火尻が付きまとっていることを利用したんじゃないか」

「どういうこと」

「自分がホテルに隠れていれば、火尻も同じホテルにやってくる。そこを狙えると考えたのかもしれない。さっき、どうしてこのホテルを選んだか、という話をしたが、宝島沙耶があそこに誘導した可能性はある」

「何のために？　というか、ここで僕たちが考えても分からないよね」

「だから直接、本人に訊こうと思ってな」

「で、サイン会に行きたいんだね」


「成瀬さんが喋った時の、宝島さんの反応はどうだった？」サイン会の行われた書店は、ビルの中にあり、その横の喫茶店に二人で入った後、久遠は訊ねた。

宝島沙耶に動機があるとすれば、過去の火尻の仕事が関係しているかもしれない、と成瀬は推測し、「死者を出すことになった火尻の記事」を疑うことにした。食中毒を起こした居酒屋店主、通り魔事件に遭ったＯＬ、デマを流された学校教師、そのうちの誰かが、宝島沙耶と関係しているのではないか、と踏んだのだ。

それをサイン会でぶつけることにした。

久遠はまず、「火尻を知っているかどうか」「火尻という記者を認識しているかどうか」の質問を投げた。彼女はあたかも、知らないふりをしていたが、それは嘘だった。成瀬がそう判断したからには、そうなのだろう。彼女は、火尻のことを知っており、かつ、知っていることを隠そうとしている。

「成瀬さんは何と言ったの？」食中毒を起こした居酒屋を知っていますか、とかいちいち質問したの？」三件の記事との関連を確かめるためには、三つの質問をする必要があった。

「はじめはそうするつもりだったんだが、ヒントがあったから、一つに絞ってみた」

「ヒント？　どこにあったの」

ここだ、と成瀬は、今サインをもらったばかりの本を指差した。

「彼女の本？」

「子供の頃の話があっただろ」

「僕はまだ読んでいないからね」

「近所のお姉さんの話が出てくるんだ。まあ、お姉さんと言っても、宝島沙耶が小学生の時、中学生だったというくらいの年の差のようだが」

成瀬が開いた本のページに、久遠は目を落とす。ほんの二ページほどではあったが、「近所のお姉さん」の話が書かれている。

宝島沙耶は子供の頃から外見が整っていたのだろう、クラスでも目立っていたからか、疎外《そがい》されることもあった。露骨な苛《いじ》めというよりは、曖昧模糊とした意地悪、仄めかされる悪意に悲しくなり、学校に行かず、家の近くの公園にいることも多かった。親に相談し、習い事の先生に悩みを打ち明けると、「地球ができたのを零時だとすると、恐竜時代が二十三時半くらいなんだよ。人類が生まれたのは二十三時五十九分くらい。だから、ほら、わたしたちの生きている時間なんて、宇宙や地球の歴史から考えるとほんのちっぽけなものなんだから、大したことないんだよ」であるとか、「日本以外の国では、子供が兵士にさせられたりしているんだよ。それに比べれば」であるとか、そうやって励《はげ》まされた。が、宝島沙耶はそれでは救われなかった。地球の歴史や、外国の子供のことに思いを巡らしても、今の自分の寂しさと心細さは癒《い》えなかった。

その「近所のお姉さん」は公園を通りかかると、「わたしも今日は中学校さぼろうかな」と一緒に過ごし、話を聞いてくれた。「友達なんてね、いなくてもいいんだよ」と笑ったかと思えば、「たくさん友達がいれば幸せになれるわけでもないしね。人を怖がらず、馬鹿にせず、少し親切でいるだけでいいよ」と言った。

それ以降も、宝島沙耶は「近所のお姉さん」と会っては話をし、そのことが自分の支えだった、と書いている。

「お姉さんは、少し前に亡くなったみたいだな」

久遠が読んだページには、「彼女は若くして、この世を去ってしまったのだけれど」とあっさりと、触れられたくない事実を早口で誤魔化《ごまか》すような簡単さで、書かれていた。

「二十代でいなくなっちゃったってことだよね。何で亡くなったんだろ」

「火尻のせいだ」

「え」冗談かと思い、成瀬の顔を見れば冗談とはほど遠い表情で、愁色《しゅうしょく》を浮かべている。

「たぶん、火尻の記事で自殺した女が、この女性だ」

久遠は、成瀬がピックアップした三件の事件を思い出す。「あの、通り魔事件の被害者?」

「OLと風俗店の二足の草鞋《わらじ》を履《は》いていた」

「その人が、宝島沙耶が子供の頃に、心の支えになってくれたわけか。でも、それ本当?証拠はあるの」

「ない」成瀬はあっさり言う。「だからさっき、本人に確認した」

「ああ、なるほどね」

「あの三つの事件の中で、宝島沙耶が関係しているとしたら、これだと思ったからな。どちらも東京出身だ」

「どちらもって、宝島沙耶と、ええと」その被害者の名前はまだ知らなかった。

「牛山沙織《うしやまさおり》」

「あ、もしかすると宝島沙耶という芸名って」

「ちなんでるのかもしれないし、偶然かもしれない」

「動物の名前が入ってるのはいいね」久遠は、うんうん、とうなずく。「それで宝島沙耶には何と質問したの？」

「牛山沙織さんとは親しかったんですか？　と訊いただけだ」

「どうだった？」

「俺じゃなくても分かるくらいに、動揺していた」成瀬は自分が罪を犯したかのように、申し訳なさそうに言う。「手紙を渡してきた」

「成瀬さんがファンレターを書くなんて。結論から言うと、どうなるわけ？　火尻さんを襲ったのは、宝島沙耶だった、ということ？　近所のお姉さんのことで恨みがあったから？」

「いや、あの時、宝島沙耶はロビーにいた」

「ということは」

「共犯がいるってことだろうな」

「捜す の面倒だな」

「だが、おおよそのところは分かっている」

「共犯のこと？　それとも」

「だいたい全部だ」

まったくこれだから成瀬さんは怖い。久遠は溜め息を吐き出す。

第三章

悪党たちは事件の構図に気づくが、相手の後手に回る。

——1インチ与えれば1ヤード取られる。

‖ 響野 Ⅳ ‖

ぎーそう【偽装】①ある事実をおおい隠すために、他の物事・状況をよそおうこと。「火尻《ひじり》を自殺に―して殺してしまおう」「―工作」②周囲のものと似た色や形にして姿を見分けにくくすること。特に、戦場などで行うもの。カムフラージュ。③犯行計画のために、現場にいてもおかしくない人間になること。

「あなたが、成瀬さんですか」と言われ、響野は一瞬、「私はあんなにつまらない人間ではない」と言い返しそうになったが、「ええ」と答えた。

本来は、成瀬が会いにくる予定だったのが役所の仕事で無理になり、代役として響野がやってきたのだ。「悪いな。相手はその時間しか空いていないというから。話を聞いてきてほしいんだが」

「やはり困った時には、雪子や久遠ではなく私頼みということだな」

「雪子は用事があるようだ。久遠には断られた。だから仕方がなく、最後の選択肢であるおまえに、ほとんど賭けをするような気分だけどな、頼むことにしたんだ」

「真打ち登場というわけか」

「おまえはいつも、自分にとってプラスに聞こえる言い方をする。とにかく、さっき話した通りの段取りで、話をしてくれればいい」

「大船に乗ったつもりでいろ」

「沈む大船は被害も大きい」

　いざ相手を前にし、響野は自信がなくなる。ファミリーレストランに現われたその男が、肥満体型の中年男で貫禄があったからではなく、成瀬から言われた内容を信じ切れていないからだった。

「ええと、あなたがあの日、1602号室に宿泊していた、佐藤二三男《ふみお》さんですね」と手帳を見ながら話す。成瀬から出された指示のメモがそこにあった。カンニングペーパーを眺めながら演技をする気分だ。

「いったいどうして、それを知っているのか、そしてどうして、わざわざ私に会いに来たのか」佐藤二三男は警戒しつつも、怒っている。もしくは警戒しているがために、怒り口調なのか。「ホテルが情報を漏らしたのかな。困るよ」

年齢は四十代半《なか》ばというところだ。

「ホテル側は別に何も漏らしていないんだが」響野は強調する。慎一のバイト先に迷惑をかけることはできない。「あの日のことを謝罪しなくてはいけないと思ってね」

「連絡をくれた時もそう言っていた。あの日の計画のことを謝罪したい、と。何とも怪しいことを言って」

その怪しい誘いを無視できず、こうして会いに来ている時点で、この佐藤二三男がクロ、もしくはクロに準ずるもの、濃灰あたりだと表明しているようなものだ、と響野は思った。

「あの時、1601号室に泊まっていたのは火尻という記者だった。さらに同じ十六階に、宝島沙耶という有名人が泊まっていた。これはご存じだと思うが」

佐藤二三男は黙ったまま、顔を強張らせている。こちらに「答え」を悟られてなるものか、と気張《きば》っているのが見て取れる。

「火尻が寝ているところを、覆面の男が襲おうとしたのも知っている。ただ、ホテルの防犯カメラをチェックしても、それらしい人物が、火尻の部屋のほうに行った様子は映っていなかった」

「カメラの映像をどうやって」やはりホテル側が情報を漏洩《ろうえい》しているのではないか、と疑いたくなったのだろう、目を剝《む》いた。

「詳しくは言えないが、私たちにはそういう力があるんだ。とある、情報機関の力のような、CIAやKGBに似た」

「アルファベット三文字の？」

「そう。PTA、NGK、ETC。そういった組織の力でね。それはともかく、犯人がエレベーターを降りた跡がない」

「それで隣の部屋の私が怪しいと思ったわけか。私の姿が防犯カメラに映っていたから。だが、1602号室の宿泊客である私なら、防犯カメラに映っていても変ではないし、むしろ当然のことだ」

「いえ、火尻の部屋にいた犯人と、あなたとでは外見がずいぶん違う」

「見たように喋るね」

「見たように喋らせたら、私の右に出る者はいない」響野は胸を張る。「私はこう推理したんですよ。犯人は、あなたの部屋に隠れていたのではないか、と」

言いながら響野は自分の気持ちが昂《たか》ぶってくるのを感じる。名探偵よろしく、不可能犯罪の謎を解く場面のようになったからだ。

「部屋に？　匿っていたってことか」

「なぜかといえば」

「ちょっと待て」佐藤二三男は手を前に出す。落ち着け、と自らに言い聞かせているのだろう。「それは変だ」

「変？」あなたは本当に変ね、と妻の祥子によく言われていることから、響野はそれが自分の呼び名のような気持ちにもなっている。「いかにも、私は変だ」と。

「犯人が仮に、私の部屋にいたとするなら、そこにはどうやって来たんだ？　私の部屋に来るのだとしてもエレベーターを使わないといけない。結局、カメラに映る。それが映っていないのなら」

「映っていたんだよ」そう言うと、相手は顔を硬直させたため響野は少し頬を緩める。

「まさかそんなことがあるわけない、という表情だな。一つアドバイスを言うが、そういう反応が、自らを犯人だと表明してしまう。私のような優秀な探偵であれば」

「本当に映っていたのか？」

「映ってはいなかったが、映ってはいた」

「それはいったい」

「普通の人間が映像をいくら眺めていても分からないだろうが、私が見れば一目瞭然《いちもくりようぜん》という意味でね」喋っているうちに響野は、真相に辿り着いた自分の力に興奮しはじめたが、実際のところその真相に気づいたのは成瀬で、さらにいえば成瀬も一目瞭然とはいかなかったことを思い出す。「犯人は、あなたがチェックインをして部屋に入る前に、すでにあなたの部屋にいたんですよ」

「だとしても映像には映るはずだ」

「その通り！　だから、映っていた」「そんなわけは」

「部屋を清掃するスタッフ」

「え」

「部屋を清掃するスタッフは各部屋を行き来する。その姿は映像に残っている。どうだね。かなりもう、核心を突いているのではないかな」

「清掃スタッフが犯人だというのか？」佐藤二三男の目つきが鋭くなった。

「それに対する答えは難しい。清掃スタッフは犯人だが、火尻を襲おうとした犯人ではない。だいたい、清掃スタッフがずっと部屋に隠れているのは現実的ではなく、実際、映像によれば、スタッフは全員、仕事を終えると、従業員用エレベーターで戻った」

「何が言いたいのかさっぱり」

「スタッフの中には、シーツを入れるためのワゴンを押している方がいた。ここまで言えば、導《みちび》かれる答えはひとつ。いいかな」響野はそこで言葉を止める。いよいよ真相を口にする場面だぞ、と高揚する。

ファミリーレストランの他の座席を見渡した後で、「犯人はそのワゴンの中に隠れていたのだ!」と声を大きくした。

途端に後ろから咳払いが聞こえてくる。どうやら後方のテーブルには人がいて、声がうるさかったらしい。

仕方がなく、声を落とす。「清掃スタッフのワゴンに隠れ、1602号室に入った。カメラには映らない。その後、あなたがチェックインして1602号室に来た。部屋で密会する関係、というわけではなくてね、火尻を襲うまでの時間をそこで潰《つぶ》していたわけだ」

「ちょっと」佐藤二三男は顔色《がんしょく》を失いつつあった。「待て」

響野は喋るのをやめなかった。このまま一気に話してしまわないと、披露する推理の内容を忘れそうだった。「犯人は、火尻が部屋に戻ったのを見計らって、1601号室に行き、火尻の命を奪う。それからまた、あなたの部屋に戻る計画だった」

「だが」

響野は相手の発言を手で制する。「では、どうやってその犯人は十六階から帰るつもりだったのか。その問題がある。来る時は清掃スタッフのワゴンに隠れられた。帰りは？　どうする？　だがこの謎も、哀しいかな、私には難しくなかった。実は、その時、この十六階には別の人物がやってきている。それをね、私は突き止めた。突き止めずにはいられない、これはもう私の宿命だ。あの時、やはり従業員用エレベーターを使い、ワゴンを押した人物がやってきた。誰か。そう、お分かりですよね」響野はそこでまた、一呼吸を置く。通路や横のテーブルに人がいないのを再確認し、背もたれの向こう側には人がいることを意識しつつ、先ほどよりは声を抑《おさ》え、「ルームサービスだ！」と指を突き出した。

また背後から咳が聞こえてくる。まだうるさかったらしい。

「ルームサービスのワゴンに、白いクロスがかかっていた。あれは、あなたが呼んだ。もちろん宿泊客がルームサービスを頼むことは何ら、悪いことではない。ただ、そこに隠れて、犯人は十六階から脱け出そうとしていた」

佐藤二三男は口をもごもごとさせている。観念しているのか呆れているのかはっきりしない。

「素晴らしい計画だ。シンプルでありながら、ポイントを押さえている。が、結果的に、火尻を襲うことはできなかった。なぜか。無関係の若者が急に１６０１号室を訪れたからだ」

「あれはいったい」

「あの若者が誰だったのか、私はすでにつかんでいるんだが、いや、驚くのは無理ないが、我々はとにかく情報力に富んでいるから、大概のことは、溺《おぼ》れる者が藁をつかむ力よりも強く、情報をつかんでいる。とにかく、あなたたちの計画はそこで中止にせざるを得なかったわけだ」

佐藤二三男が頭の中で会議を開いているのが、響野には見て取れた。どうすべきなのか、響野の話に対し、白を切り通すべきか、それともすべてを打ち明けるべきなのか。いいか響野、おそらく佐藤二三男は動揺し、告白しようかしまいかと悩むはずだ。成瀬はそう予測していた。「だから、その時は、彼らの計画は全部、把握《はあく》していることを分からせ、俺たちが味方だと、少なくとも敵ではないことを分かってもらえ」

「私は推理したんだが」響野は、前にいる佐藤二三男をじっと見つめる。

「何を」

「まず、そもそも犯人は、火尻をどうするつもりだったのか。防犯カメラの映像に映らぬように工夫をし、何がしたかったのか。推理した。私が推理すれば、答えはすぐに分かる。いいかな、1601号室で火尻が命を落としたとしよう。もちろん、警察が捜査をする。その際に、どの防犯カメラにも犯人らしき人物が見つからなければ、どうなる？　火尻は自殺かもしくは事故死だと判断されるのではないか。犯人たちはそう期待したんだ。だからこそ、カメラに映らずに済む手順を考えた。あの時、火尻は部屋に戻った後で、いつの間にか眠っていたそうだ。何らかの、眠気を誘われる薬を使われた可能性がある」

「薬を私が入れたとでも言うのか」

「そうは言わない」「じゃあ誰が」

「それも私にとっては簡単な問題だ。虚《むな》しくなるほどだよ」響野は言ったものの、「答え」を思い出せず、慌てて手帳を開き、目を通す。「ええと」メモには、「火尻は薬を飲まされた。一階のカフェで。以前にも外国人が」と記されている。もっと分かりやすく書いてほしいものだ、と響野は、それを書いた過去の自身を恨む。「カフェだ。あの日、ラウンジカフェに火尻はいたからな。そこで薬を飲まされた。実は以前にも、そのラウンジで外国人が眠ってしまったことがある。学生バイトのホテルマンが運んでやったらしいが」慎一が部屋まで、その外国人を連れて行った、と確か、ラウンジの女性店員が話してくれた。

「その外国人の時は、薬がちゃんと効くかどうかを確かめたのかもしれない。どんなものにも予行練習は必要だからな。とにかく、だ。火尻はそこで薬を飲み、部屋に戻って眠ることになった。犯人は忍び込んで、何らかの方法で、火尻の命を奪うつもりだったんだろう。自殺なのか事故なのかは分からないが。あとで警察の捜査が入れば、防犯カメラが調べられる。が、その結果、犯人の姿が見当たらなければ、他殺の線は捨てられる。そう考えたわけだ！」

佐藤二三男は唇を真一文字《まいちもんじ》に結んでいる。

「佐藤さん、今から驚きの真相を話すが、驚かないように」

「え」

「これはなかなか凝《こ》った犯行だ。実行犯は清掃スタッフによって、1602号室に連れていかれる。そこは、あなたが宿泊の予約を入れていた部屋だ。ルームサービスの係が、実行犯を連れ出す。そして、カフェの店員が火尻に薬を飲ませている」響野はそこで、すっと息を吸う。いよいよ、この場に響き渡るほどの大声で重要な台詞を発する場面だ。響野は興奮したが、それを先んじて制するように背中から、咳がする。くそ、せっかくの大事な場面なのに、と響野は恨めしく思いながら、ほとんど囁くような声で、言う。

「あの時、あのホテルにいた全員が共犯だったのだ！」

佐藤二三男はきょとんとした。響野を見たまま、目をしばしばさせる。

響野は目の前のコップに口をつけ、水を飲む。

どうだ、驚愕《きょうがく》の真相に言葉もあるまい、と響野は黙り込んだ佐藤二三男を見つめた。

彼は確かに言葉を失っているようだったが、少しして、「全員は」と漏らした。

「どうした」

「全員は言い過ぎだ」

本当であれば、「そのためにあのホテルを建築したのだ！」くらいのことは言ってみたかったが、さすがに無理だった。

「その通り」響野はうなずく。「今のは言い過ぎだ」

‖　雪子　Ⅳ　‖

こん─やく【婚約】結婚の約束を交わすこと。また、その約束。エンゲージ。「─したばかりのカップル」─しゃ【婚約者】婚約をした者。

「いったい何人が協力していたわけ」雪子は向かいに座る響野に訊ねる。皿に載った料理を口に運ぶ。初めて来るレストランだったが、店内は広く、居心地が良かった。

料理はすでに出されており、店員の姿もない。厨房《ちゅうぼう》に料理人がいるだけだろう。

「火尻を襲おうとした男、清掃スタッフの女性、ルームサービスの女性、佐藤二三男、ラウンジの女性スタッフ、それから」響野が口に放り込んだものを嚙みながら、「美味いな」とうなずく。「何の肉だったか」

「宝島沙耶だ」隣に座る成瀬も肉を食べながら、言った。

「この肉がか？」

「いや、協力者の一人のほうだ。肉のほうは鹿じゃないか」

「彼女の役割は何だったわけ」

「鹿の役割か？」

「たぶん宝島沙耶があのホテルにいたのは、火尻を泊まらせるためだったんだろう。宝島沙耶が宿泊しているという情報があれば、火尻は接近してくる。情報を得ようと、ホテル側にもアクションを起こす。適度に情報を流してやって、同じ階の部屋も取れますよ、と親切に教えてやったら、乗ってきたんじゃないか？」

「誰が教えたの？」

「そういう意味では、ホテルスタッフにもう一人くらい仲間がいたのかもしれない。火尻に情報を提供しつつ、部屋の予約についても調整できる人間だ。とにかく、十六階に部屋が取れた火尻は、特ダネ狙いでそのホテルから離れない、と彼らは考えた。たぶんそうだろう」

「そのためにわざわざ宝島沙耶が協力したっていうのか？　失踪中だってのに」

「その失踪自体が作戦だったんだ」成瀬は何事もないように言う。「居場所が分からないとなれば、火尻は余計に食いついてくるだろうからな」

「成瀬、だとすると宝島沙耶は自分の仕事に影響が出るのも覚悟の上で、わざわざ失踪してみせたっていうのか」

「あの本を読む限り、彼女は牛山沙織を恩人だと思っている。恩人の命を奪った男に復讐をしたかったんじゃないか」

「他の協力者たちもみんな、火尻に恨みを持っていたってこと？」

「その可能性が高い。響野、佐藤二三男は、牛山沙織の知り合いだったか？」

「あの男は、牛山沙織が働いていた風俗店の常連客だったらしい」響野が言う。「ただの客が、牛山沙織のために復讐しようとするのだろうか、と思って質問してみたんだがな、佐藤二三男は」

「何と言ってた」

「彼女はいい人だった。と、そう言っていた。彼女が励ましてくれなかったら、自分は今、ここにいないとな。佐藤さんは今や、ベンチャー企業の重役で、活躍しているらしいぞ。それもこれも、いい人である牛山沙織のおかげで、つらい時期を乗り越えられたからだと」

いい人、という表現にはさまざまな意味がある。お人好《よ》しであったり、親切な人であったり、善人であったり、悪人になれない人であったり、八方美人や体裁《ていさい》を気にする人という意味合いもある。完全な善なる人などはいない。そう思った上で雪子は、「たぶん、その子は本当に、いい人だったんだろうね」と言った。

店の厨房から白い料理人姿の男が近づいてきた。背筋が伸び、顔つきは若い。帽子を取るとテーブルの横に立ち、「どうですか」と言ってくる。

「すごく美味しい」成瀬が答えるが、感情がこもっておらず、雪子は苦笑する。一方の響野はいかに料理に満足しているかを長々と喋りはじめる。

「ジビエ料理というのは、もともとハンターが狩ってきた鳥や獣を料理するものだったんですが」料理人が話す。「食中毒などの怖さもあるので、うちでは食材の管理はかなり徹底しているんです」

もしここに久遠がいたら、どういう反応をするのか、と雪子は想像する。もともと、「動物を食べるなんてひどい！」と訴えるタイプではなく、むしろ肉料理も無邪気に楽しむところがあるが、「ハンター」という響きには一家言《いっかげん》ありそうにも思えた。成瀬が、久遠をこの店に呼ばなかったのはそのあたりを配慮したからかもしれない。

「時々、勘違いをして、自分の釣ってきた魚を捌《さば》いてくれ、とか、持ち込むから使ってくれ、とかそういう方もいますが、丁重《ていちょう》にお断りしています」

「どの仕事にもそれぞれの大変さがある」雪子はふと呟いている。

「今日はわざわざ時間を取ってもらって申し訳ない」成瀬が謝った。「俺たちだけのために店を開けてくれたんだろ？　普段はもう閉めている時間のはずだ」

二十二時過ぎであれば貸切にして、料理を召しあがってもらいながら話ができます、とオーナー兼料理人の彼から言ってきたのだという。

「いえ、ここが一番、ゆっくり話ができますから。今日はもともとバイトも少なくて、料理を運んでもらった子もさっき帰りました」椅子に座った料理人は、スポーツマンのような清々《すがすが》しさもあった。ええと、と彼は話の取っ掛かりを探るように、視線を雪子たちに絡ませた。

先に成瀬が言った。「自分でお願いしておいてこんなことを言うのも何だが、話を聞いてもらえるかどうか、五分五分《ごぶごぶ》だと思っていた」

彼が笑う。「佐藤さんから連絡をもらって、みなで話をしました」

「合議制なのか」

「僕たちの計画は失敗しました。もう一度やるのは難しいですし」

「火尻はもうあのホテルに泊まらないだろうからな」

彼は寂しげに首肯《しゅこう》した。「みなさんはほとんど全部、僕らの計画を把握しているようですし、ここは白を切るよりも、あなたたちを信頼したほうがいいと思いました」

「そう言われるとプレッシャーだな」

「仮に、あなたたちが僕たちのことをばらしたとして、あの男の悪事に注目が集まるなら、一矢報《いっしむく》いたことになりますし」

雪子はさすがに驚き、「そこまで」と言った。「そこまでして、火尻にやり返したいわけ？」

「もちろんです」彼は即答した。「許せませんから」

「あなたは、その、牛山沙織さんと当時、交際していたんだよね」雪子は訊ねる。

「結婚する予定でした」亡くなった婚約者のことを深く思い出さないための方法なのか、彼は、さばさばと、感情を込めずに言った。「それが、あの記事のせいで」

「ええと君は、ほら、彼女の別の仕事のことは」響野が気を遣いながらも訊ねようとしたが、彼はすぐに、「知りませんでした」と自嘲《じちょう》した。「記事が出て、はじめて知りました。

彼女、お金が必要だったようです。両親との関係がちょっと複雑だったみたいで」

成瀬がうなずく。

牛山沙織の両親は離婚していたが、どちらも薬や手術のための費用が必要となった。牛山沙織が金を用意しなくてはならない、という立場ではなかったはずだが、放ってはおけなかったのだろう。

その情報を調べてくれた田中は、「そういった事情は、記事には載せないんだよね。火尻っちは」と感心まじりに言ったらしかった。

載せない理由は、雪子にも見当がつく。

分かりにくくなるからだ。

せっかく、「昼はＯＬ、夜は風俗嬢。深夜に女一人で歩いているから通り魔に遭ったのだ」という方向で、雑誌読者の好奇心を満たしているところに、「実は、母親が難病で」といった事実を混ぜてしまうと、非難すれば良いのか同情すれば良いのか、みなを混乱させてしまう。みなとは誰か。雑誌を読む読者、テレビを観る視聴者だ。むろん視聴者や読者に罪はない。彼らは、真実を求めているわけではないからだ。

「家庭環境は複雑だと聞いていたんですが、お金が必要なことを僕には話してくれませんでした。頼りなかったとしても、相談くらいはしてほしかったんですが」と一瞬、苦しそうに唇をぎゅっと結び、その後で弱々しく笑う。「まあ、とにかく僕は頼りなかったんでしょうね」

「自分で全部を抱え込んだ彼女も良くないと思うけど」

「面白おかしく記事を書いた記者は、謝罪したのか？」

「どうなんでしょう。僕は知りません。葬儀にも来ませんでした」

「その葬儀で、知り合ったのか」成瀬がさらに質問を投げる。「今回のメンバーと」

彼はうなずく。「彼女と同じ職場の女性であるとか」

「それは、昼間の仕事の？」

「どっちもです。会社の同僚も来ましたし、風俗店の同僚も一人来てくれて。佐藤さんははじめ、得意先の人間だと嘘をついていました」彼は愉快そうに笑った。「さすがに、風俗店での常連客だとは言えなかったんでしょうが。でも、葬儀の後、一人で酔っぱらって、僕と喋っていたら急に土下座をはじめて」

「君に謝ることなのか？」

「別に、佐藤さんは悪くないですからね。もちろん気持ちは複雑ですけれど」デッドボールを当てられた野球部員のように彼は苦笑いをする。ピッチャーを責めてもしょうがない、と言いたげだ。「でも、もはや、そういうことでくよくよ悩んでいる場合でもないというか。いろんなことがあって、しかも彼女はすでにいませんから」

成瀬は何か言いたげだったが、口を開かなかった。問いかけること以上に、黙っていることが相手の言葉を促すことを知っているのだ。

「佐藤さん、いい人なんですよね」と悔やみまじりに、表情を崩す。「佐藤さんだけじゃなくて、他の同僚の人もみんな、彼女にどれだけ元気づけられたか、と話してくれて。気づいた時には」

「気づいた時には？」雪子は訊ねる。

「強い繋がりが」

なるほど、と響野が腕を組んで、短く言う。

「さすがの響さんも言葉少ないね」

「何とも不思議な話だからな。しかも、いい話なのか悲しい話なのか、恐ろしい話なのかも判断がつかない」

「世の中にはどっちかに分類できない話が多いんだ。いい話にも悲しい話にも思えるものばかりだ」成瀬が言う。

「チャップリンの言ったあれか？　人生はクローズアップで見ると悲劇だが、ロングショットで見れば喜劇だ、という」

「それで、いったいどうやってあのホテルにみんなが集まったんだ。偶然のわけがない。とはいえ、都合よく集まるものなのか？」

「それとはちょっと違う」成瀬は、響野との話を切る。

彼は、「はじめは」と言う。「彼女の会社の同僚だった女性があのホテルで働いていたんです。スタッフで」

「会社を辞《や》めていたのか」

「ええ。あの事件で会社に幻滅《げんめつ》したらしくて」

どうして幻滅したのかを、彼は説明しなかったが、雪子にも想像はできた。夜の仕事をしていた牛山沙織を、通り魔事件の被害者であるにもかかわらず、守ろうとせず、むしろ厄介な存在として冷遇したのではないか。その結果、牛山沙織は追い込まれた。

「彼女がホテルで働いている時、火尻が仕事でやってきたそうです。ラウンジにいて、女性を連れて、横暴な態度で」

「落ちた小銭は拾わないタイプだからな」

「え？」「何でもない」

「とにかく、火尻は元気そうだったようで」

「そのホテルスタッフの彼女は」

「ルームサービスの仕事をしていたんですが」

「その彼女が、火尻をどうにかしてやりたい、と思ったわけか」

成瀬の言い方は冷たかったからか、主犯者を特定するように感じたのだろう、彼はすぐに、「みんなで思ったんですよ。みんなで考えました」と強調した。「あのホテルは防犯カメラがあちこちに設置されるようになったので、それを逆手に取れば」

「自殺に見せかけられる。カフェの店員や、清掃スタッフにはバイトとして潜《もぐ》り込んだのか？」

「潜り込む、というとスパイが潜入したみたいですが」彼が微笑む。「ごく普通に、働いてくれたんですよ」

「計画の日のために」

ラウンジカフェの店員は、牛山沙織の風俗店での同僚、清掃スタッフは中高の同級生だったらしい。１６０２号室への宿泊客は佐藤二三男だ。

「部屋の予約は誰がコントロールしたんだ？　火尻をあの部屋に、その隣の部屋に佐藤さんを泊めなくちゃいけなかったわけだろ」

「ああ、それは予約の責任者の男性が協力してくれたんです」

「協力？」

「義憤《ぎふん》を感じてくれて」

「それだけで？」成瀬が訊き返す。

「義憤は動機になりませんか」

「なるかもしれないが、それで君たちは信頼することにしたのか」

「そこはまあ」彼は曖昧に説明を加えた。どうやら、ルームサービスの女性スタッフと、その予約係が交際しているのか、もしくはすでに結婚しているのか、そういった関係らしかった。

「いくつか知りたいことがある」成瀬は、彼の返事を待たず、「まず、佐藤二三男のことだが」と言う。

「いい人です」

「それは分かった。悪人ではなさそうだ。俺が気になったのは、もし君たちの計画通りに事が運んだ時のことだ」

「もう一つの未来」冗談めかし、彼は言う。

「その場合、防犯カメラが、『犯人らしき人物が十六階には来なかった』ことを証明する。そういう計画だったはずだ」

「はい」

「だが、それでも、隣の部屋の佐藤二三男は疑われたんじゃないか？　火尻に恨みを持つ人間を片端から疑われたら、隣室に、佐藤二三男が宿泊していたことに注目された可能性はある」

「可能性はゼロではないです」

「どうするつもりだったんだ」

「実はあの時」彼が言う。「佐藤二三男さんはクレジットカード会社に問い合わせの電話をかけているんです」

「どういうこと？」カードの問い合わせがどうして関係しているのか、と雪子は眉をひそめた。

「ああいう電話の窓口は、トラブル回避のために録音をしています」

「なるほど」

「事前に、自動音声が言いますよね。『やり取りを録音させていただいております』と」

「ああ言われると俄然《がぜん》、喋りがいが出てくるよな」響野がうんうんとうなずいている。

「舌が滑らかにもなる」

「その録音が、万が一の時はアリバイになるはずだったのか」

「ええ。もし警察がそこまで調べてくれれば。その時間、佐藤さんはずっと電話をしていたと分かるはずです」

「カード会社にクレームを入れながら、火尻を自殺に見せかけて殺害するのもできなくはないんじゃないか？」響野が、雪子を見る。

「かなり大変だろうけど」と答える。

「ほかに訊きたいことは何ですか？　僕の役割ですか？　それなら」

「いや、それは分かる。あの時、火尻の部屋に入ったのが君だったんだろ」成瀬は当然のように言った。

牛山沙織との関係の近さでいえば、婚約者であった彼が、復讐の主役だったのだ。

「宝島沙耶はどの時点で、仲間になったんだ」

「ああ」彼は少し申し訳なさそうな表情になった。一般人とは違う立場の女性を、自分たちの復讐に巻き込んでいることへの心苦しさだろう。「彼女は最初からです」

「最初から？」

「葬儀の時にこっそり来てくれて。はじめは誰かは分からなかったのですが、向こうから話してくれて。だから、ホテルでの計画ができた時から協力してくれたんです」

「あなたと付き合っている時に、牛山沙織は、宝島沙耶のことは何か言っていなかったの？」

「テレビに宝島沙耶が出ている時に、『うちの近くに住んでいたんだよ』と嬉しそうに自慢していました。喋ったこともあるけれど自分のことなんて覚えていないだろうな、と話していたので、まさか親しいとは思ってもいませんでした」

成瀬が、「宝島沙耶にとっては、恩人だったようだぞ」と言う。

「控え目だったんだね」雪子は、牛山沙織という人物のことを想像する。「響さんだったら、『恩人です』とプラカードを掲げて、会いに行きそうだけど」

「そうだな。私は常に誰かの恩人だからな」と響野は意味不明なことを言い、胸を張る。

その後、いくつか質問をした後で成瀬が、「今日は時間を割《さ》いてくれてありがとう」と礼を言った。「すでに佐藤さんから聞いているだろうが、君たちの計画を邪魔したのは、俺たちの知り合いなんだ」

「あの時、あの部屋に来た若い男性ですね」

久遠が鉢合わせした覆面の男はこの彼だったことになる。

「そのことを謝りたかったんだ」

謝られても困るのだろう、彼は黙り込んだ。そして自分の作った料理を、ほとんどすべてを雪子たちが食べたため皿しか残っていなかったのだが、それを眺め、「あの」と洩らした。「僕たちのやろうとしたことは間違っていたんですよね」

「間違っていた？　どういうことだ」響野が眉をひそめる。

　雪子には、彼の言わんとすることは分かった。大事な人間が亡くなり、そのきっかけを作った人間に復讐しようと考えるのは、しかも命を奪おうとするのは、行き過ぎではないか、と彼も薄々気づいてはいたのだろう。

　成瀬は、「正解は分からないが」と言う。「ただ、あの火尻の記事のせいで人生を変えられた人間は少なくない。懲らしめようとしても、俺は間違っているとは思えない。殺していいのかどうか、となると答えに困るが、別に大きく間違ったこととは思わない」

「そうなんですか？」彼は意表を突かれたようだった。

「私たちはあまり常識的な人間じゃないからな、一般的な意見とは言い難いが」響野が眉をすくめる。

「わたしは、あなたたちを邪魔しなければ良かった、とは思うけどね」雪子は笑う。

「え」

「計画がうまく行ってれば良かったのに」

　彼は少し目を丸くする。「それはちょっと、乱暴な意見ですね」

「自分たちがやろうとした計画だろうに」響野が呆れた。

＝成瀬Ⅵ＝

いーらい【依頼】①人に用件を頼むこと。相手の態度によっては、命令と聞き間違えてしまうこともある。②他人を当てにすること。頼み。「─心が強い」


どうしても課長に話がある、という人が来たんですけど、と同じ課の職員が言いに来た。部署の古株で、頼りになる職員だった。

「何だろ。何か怒っているのか？」成瀬は言う。役職のある職員を指名してくる場合はたいがい、苦情だ。

「そういう感じでもないですね。用件を訊いても、課長に話があってね、という感じで」

「分かった」と席を立とうとしたが、そこで「あ、そういえば」と彼女が言う。「課長も意外に、ああいうところあるんですね」

「この間テレビのワイドショーで、宝島沙耶のサイン会の模様が流れていたんですよ」

「ああ」

「びっくりしました」

「映っていたわけか」

「大事そうに本を持っていましたね」上司の意外な側面を見つけ、嬉しそうだった。

サイン会に参加したことは別段悪いことではなく、うろたえてしまうと宝島沙耶やそのファンに失礼になるとも思ったが、何と言ったらいいのか分からず、「実際に会うと、感動する」とだけ言った。

ですよね、とその職員が笑うのを聞きながら、成瀬はカウンターに近づき、そこで火尻の姿が目に入った瞬間、状況を察する。「苦情のほうが良かった」と胸の内にこぼす。

「課長さん」火尻が手を挙げた。

「どうかしましたか」

「いや、ちょっとお願いがあって」火尻は愛想よく笑うが、目は笑っておらず、蛇を前にしたようにも感じた。

「どういう内容ですか？　担当部署を案内しますよ」

「どこかに穴がないかな、と思ってね」

「穴？　地盤沈下ですか」それなら住環境整備課だろう。

「ほら、内緒話は、どこかの穴に入れておかないといけないだろ。『王様の耳は！』っていうあれだよ。今ね、内緒の話を言いたくて言いたくてウズウズしてるんだが、言ったら困る人がいるからさ、困っちゃって」火尻はそれから、「銀行強盗がここに！　と言いたくて言いたくて」と囁くようにした。

「『ロバの耳課』に？」

昼食の時間、近くの居酒屋で会うことになった。地下にある店で、ランチメニューを出しているが座席数が多いため、昼時でもそれなりに空きがあった。

「あの若者、久遠君よりもあなたのほうがしっかりしていそうで、俺の見立てだと、成瀬さんがリーダーじゃないかな。冷静に判断ができると思うので」火尻は定食が届いたところで、切り出した。

「何か困りごとが？」

「先日、あなたのお仲間が」火尻は、「お仲間」という表現を意味ありげに強調した。「私のおすすめしたカジノに行ったみたいだね」

「負けていたのが、最終的にはプラスマイナスゼロにはなったみたいです。おかげさまで」白を切ったり、牽制《けんせい》したりするよりは、正面から話をすべきだと成瀬は判断していた。「火尻さんはずいぶんあそこに借金があるらしいが」

「そうなんだよ、困っちゃってね。それでちょっとご相談が」

「違法なギャンブルの借金は返さなくてもいい。もちろん知っているとは思いますが」

「ええ、知ってる知ってる。とはいえ、それで、『そうか違法だから返さなくてもいいんだったね、ごめんごめん』と許してくれるような相手だったら苦労はないからね」

だろうな、と成瀬も思った。あのマンションにいたカジノグループは若い男たちだったが、若者ならではの浅薄《せんぱく》さや幼さとは無縁のようだった。落ち着き払い、寛容な雰囲気がある一方、自分たちに逆らう者やルールに従わない者には厳《きび》しい態度を取るに違いない。寛容さは時に見くびられ、統制が崩れる原因となる。締めるところは締めなくては、組織は維持できない。

「それで、ちょっとお願いがあるんだが、どうにかあの彼らに掛け合って、俺の負け分を帳消しにしてもらえないかな」火尻は下から、成瀬を眺めるような目つきで言った。

「どうやって」

「それはほら、成瀬さんたちが考えることで、俺が考えることではないよ。市民が、『犯罪を少なくしてください！』と頼んで、警察が、『どうやって？』なんて言ってこない。

とにかく俺は、あのグループと縁を切りたくてね」

「こちらにそんな力があればいいんだが」

「そこはどうにか頑張《がんば》っていただかないと」火尻は嬉しそうに言った後で、「ほら、成瀬さんの息子さんもせっかく就職先が決まったようですし」とあたかもついでのように、言い足した。

顔を上げると、火尻は自分の力を誇っているのか鼻の穴を膨らませる。

「さすが調査が行き届いている」

「こちらも一応プロですからね」

「俺はもう離婚しているんだが」

「とはいえ大事なお子さんです」

「彼はまったく関係ないだろ？」

「ただ、父親が犯罪者となれば」

「濡れ衣としか言いようがない」

「公務員として、まずいですよ」

つまり火尻は、いまだに逮捕されていない銀行強盗のメンバーに肉薄《にくはく》した、といった内容で、見出しがどうなるのかは分からぬが、とにかく成瀬たちのことを記事にするつもりのようだった。状況証拠と憶測だけではあるが、「それでもどうにかなるものですよ」と火尻は言った。経験から来る自信が滲んでおり、ただのはったりでないのは明らかだ。一般人を名指しせずに、それとなく素性《すじょう》を仄めかしつつ、犯罪に関わっているかのような印象付けをしていくことができるのか。

好きにすればいい、とあしらう選択もあったが、そうもできない。自分たちが銀行強盗をしているのは事実だ。探られれば痛い部分はある。挑発して相手が意地になるのは得策ではない。

「それにたとえばこれなんかは、憶測じゃなくて事実だからね」火尻が資料めいたものを取り出し、広げた。記事の切り抜きもある。「この地道毅雄《じみちたけお》という男はご存じですか?」

慎一の父親だ。雪だるまのように借金を大きくしたため、雪子は被害を受けるのを恐れ、まだ小さい慎一を連れ、地道のもとを去った。

「何年か前に、強盗グループの一員として捕まってるようですね。仲間のうち一人は殺されている」

地道はただの下っ端《したっぱ》で、成瀬たちの手にした大金についての情報を提供していただけとはいえ、犯罪に加担していたのは間違いない。が、さすがに殺人に関与はしていなかった。

「この地道毅雄は、お仲間の息子さん、あのホテルで働いていた彼の父親ですよね」

「離婚しているが」

「生物学的には父親ということは変えられない」

「何が言いたいんだ」

「あの真面目な学生さんの周辺に、その情報が広まったらやっぱり良くないと思うんですよ。この彼の父親は犯罪者ですよ、と。みんなさすがに、遠巻きにするかもしれない」

「気にしないかもしれない」実際のところ、慎一が自分の父親のことをどう理解し、どう受け止めているのか、どう消化しているのかは成瀬も知らなかった。ただ、雪子が時折、母子二人きりの生活について語る時、「僕は別に気にしていないけれど」と言う慎一が嘘をついていないのは間違いなかった。

「ただ、本人は平気なつもりでも周囲の反応は変わる。どんなにまっすぐな性格で、健全な魚も、水が汚れたらしんどくなる。そういうものですよ」

「水槽を汚すことには慣れてそうだ」

成瀬が口にした皮肉はうまく伝わらなかったようで、火尻は、「水槽?」と眉をひそめるだけだ。「とにかく俺は、今まで、そういう人間を何人も見てきたんでね」

「記事のせいで、大事な人生が大変なことになった人間をか」

「たかが週刊誌記事ですよ。悪いのは、それに群がって、やいのやいの騒ぐ人たちのほうで。マスコミにはだいたい、報道の自由があって、大衆の知る権利というのを守ってるわけだから」

「知る権利、とは便利な言葉だ」普段の成瀬は、こういった手合いには反論せず、否定も肯定もせずに聞き流すのだが、反射的に言い返していた。「一般の人からすれば、『知らなくては困るもの』と、『別に知らなくてもどうでもいいもの』の二種類がある。有名人のスキャンダルにしたところで、雑誌に載っていれば好奇心から読むかもしれないが、載っていなかったとしても誰も困りはしない。記事を書く側が大義名分として、知る権利を掲げているだけじゃないのか？」

火尻はにやにやとしているため、成瀬はさらに言葉を続ける。

「記事を読んでもらうには、読者の覗き見趣味を満足させなくてはならない。そのためには誰かの秘密をほじくり出したい！　素直にそう主張してもらったほうがしっくりくることもある」

「ただ成瀬さん、そんなことを言っても、政治家のことや大企業の不祥事は、知る権利として伝えないといけませんよ」

「社会には全く影響がないが、読者がわんさかくいついてくるニュースと、国にとって重要だがほとんど関心を持たれないニュース、火尻さんはどちらを取り上げる？」

火尻は特に怯《ひる》んだ様子も見せない。「そりゃね、俺はほら、レベルの低いほうの記者だから。ただ、記者にもいろんな人がいる。それぞれ使命感があって、がんばってるわけで、成瀬さんのようにいっしょくたに批判しては可哀相だ。いい記者もいれば、悪い記者もいる」

「いっしょくたにしたつもりはない」

火尻は非難の矢をするりとかいくぐることに慣れている。

「でもね、成瀬さん、他人の不幸は蜜《みつ》の味というのは嘘ではない。妬《ねた》みについて調べた研究では、実際、ネズミだって自分より優れたライバルに不幸が訪れると脳が喜びを感じるらしい。これはもう仕方がない。脳の問題なんだ」火尻は何度もこの話をしているのだろうか、決まった演説を述《の》べるかのようにすらすらと話した。

相手のペースに引き摺られていることに成瀬は気づき、落ち着きを取り戻さなくてはと思ったが、そこで火尻のスマートフォンが着信した。

断りもなく火尻はその場で電話に出ると、あからさまに不機嫌な声で、「はあ？」と言う。「そんなことどうでもいいだろうが」と高圧的に怒りはじめる。「だから、俺が持ってったネタがあるだろ」

話が噛み合わぬのか、苛立《いらだ》ち、立ち上がると店の出入り口付近で、喋っていた。怒鳴《どな》り散らしているのが分かる。

ようやく戻ってきたと思えば、「まったく要領を得ねえんだよ、最近の下請《したう》けライターは」とぼやく。

「一般論にするのは乱暴だ。いいライターもいれば悪いライターもいる」

「今のは悪いほうだ。『あのネタは使えません、法律違反ですから』とかつべこべ言ってきて。そんなにびびってたら何もできない。法律ぎりぎりのことをやってなんぼ、だというのに」

「俺の言う通りにやればいい、と」

「そう言ってやったよ。まったく」火尻は息を吐き、頭に上った血が下がるまでのあいだ、ぶつぶつと独り言じみた言葉を吐いていた。「で、何の話だったっけ」

「このお昼が終わったら、お互い二度と関わり合わず、それぞれの仕事を頑張っていこうね、とそういう話だった」

火尻が馬鹿にしたような目を向けてくる。「つまらない冗談を言うんだねえ」

「自分では面白いと思ったんだが」

「成瀬さん、あのね、とにかく、俺のほうからのお願いは、こっちの借金を全部、なかったことにしてもらってほしい、ということだ。方法は自分たちで考えてくれ。二週間待とう。二週間後の週末だな。そこまで待って、連絡がなければ、連絡があったとしても借金がそのままなら」

「なら？」

「俺は俺の仕事をやる」

「水槽を汚すわけだな」

＝　久遠　Ｖ　＝

したがう【従う・随う】①目上の人のあとについて行動する。随行《ずいこう》する。「社長に―・ってパリへ行く」②他からの働きかけを受け入れて、逆らわない。他人の言うことを聞き入れる。命令・教え・きまりなどを守る。大きな力に任せて、動かされるままに動く。降参する。降伏する。降《くだ》る。③他のものの変化に伴《ともな》って変化する。他のものに対応する。「シリーズを重ねるに―・って書くのが大変になる」④ある業務を行う。従事する。

その部屋は、響野に言われていたように真っ白で、清潔感に溢《あふ》れていた。どこかで見たことがあると思い、記憶を辿るが過去に訪れた宿泊施設やマンションとは違う。ああ、あれか、と思ったのは映画『2001年宇宙の旅』で主人公が、彼を主人公と呼んでいいのかどうかもはっきりしないが、最後に入る部屋だった。あの整然としつつ、不気味さの漂う静かな室内に似ている。

「火尻さんの知り合いはこの間も来ました」テーブルに座る男が言う。まだ若いが落ち着いており、貫禄すら漂っている彼がこの場を統制しているのは確かだった。大桑というのがこの男に違いない。

「へえ」

「面白い方でした。ずいぶん負けていたのに最後は帳消しにして帰って行きましたよ」大桑は悔しさを滲ませていなかった。愉快さも怒りもない。

「へえ」久遠は、先日ここに来てポーカーをやった響野や成瀬とは無関係を装うつもりだったから、曖昧な返事をする。

ほかに客はいない。久遠は部屋をうろついた。うろうろするな、と怒られるかと思ったがそうでもなく、ただスタッフと思しき若者たちが目を光らせている。

「あ、この亀！」水槽を見つけ、そこにいる甲羅の立派な亀に興奮し、写真を撮ろうとスマートフォンを取り出すと、いつの間にか隣に背筋の伸びた、青白い顔の男がいて、「写真は駄目なんです」と小声で言った。小声ながら鋭い言い方で、脅し文句ではないにもかかわらず久遠はびくっとし、スマートフォンをすぐにしまった。「見るぶんにはいい？」と言って、亀を見下ろす。

「それは、おばあちゃんの形見です」大桑が言ってきた。

「いいね。すごくいい亀だと思う。大きいし。きっといいおばあさんだったんだね」久遠はお世辞ではなく、思ったままのことを口にしただけだったが大桑が、「そう言ってもらえて嬉しいです」と声を大きくしたので驚いた。振り返れば、大桑はさほど表情は変わらなかったがそれでも若干、表情を緩めているようだ。「おばあちゃんは、その亀のように、可愛らしく、穏やかでした」

亀のように、と言われても久遠にはぴんと来なかったが、「うんうん」とうなずく。

ポーカーがはじまる。どうなることかと心配していたものの、久遠が覚悟していたよりは一方的な対決とはならなかった。むしろ、久遠にはいい手が入ることが多く、対戦相手の大桑はしばしば勝負を降りた。チップは減っては増え、増えては減り、さらに増え、といった具合で最終的には、お小遣い以上ボーナス未満といった額のプラスとなった。

響野から聞いていた話によれば、「調子に乗らせてから、一気にたたみかけて、ごっそり奪っていく」ということだったが、特にそうはならず、「儲かっているうちに終わりにしようかな」と久遠が帰る素振りを見せた時も引き留める様子もなく、「それがいいですね」と助言めいたことまで言われた。

大桑の祖母を褒めたことで気に入られたのかな、と思いたくなるほどだった。亀を大事にしているくらいであるし、悪い人ではないのかもしれない、と久遠は思いかけるが、これで帰ってしまうわけにもいかなかった。

「あの、一つ相談があるんだけれど」と切り出す。

「何ですか」

「僕を紹介してくれた火尻さんのことでね」

「ええ」

「あの人の借金ってどうにか、なかったことにできないのかな」

まずは正攻法で行くしかない。打ち合わせをした際、成瀬はそう言った。成瀬の息子タダシや慎一のことを持ち出し、脅しまがいのやり方で取引してくる火尻のやり方には、久遠もげんなりせずにはいられなかったが、下手に揉めるよりは、さっさと火尻の願いを叶え、縁を切ることだろうとは思った。

「借金はなくせますよ」

「あ、そうなの？　良かった」

「お金を払ってもらえば、気分すっきり、なくなります」

「ああ、そういうことか」久遠は肩を落とす。「あの人、払えないみたいなんだよね」

「だとしても払ってもらわなくては」

「でも、火尻さんをたくさん痛めつけて、乱暴な手段を使って、お金を回収しようとはしないの？」

「乱暴な手段とは」

「たとえば、生命保険を掛けた上で、命を奪っちゃうとか」久遠があっさり言ったからか、大桑は小さく笑うような、短い息を吐いた。

「怖いことを言いますね」

「たとえばの話だからね。でもさ、火尻さんって、自分勝手でひどい人だからそれくらいの強硬手段に訴えてもいいと思うんだよね」

「面白いですね。火尻さんの借金を帳消しにできないか、と言うから、火尻さんを助けたいのかと思ったんですが、今度は、保険金を掛けて殺さないのか、と言ってくるとは」

「まあね」この大桑たちが、火尻を攻撃してくれれば、あわよくば大ダメージを与えてくれれば、久遠たちにちょっかいを出す余裕はなくなるだろう。そうなれば幸いであった。

「仮に、火尻さんがどこかに逃げちゃったらどうするの？　追いかけるの？」

「そりゃ追いかけます。地獄の果てまで、というよりも、追いついたところが地獄になりますよ」

淡々と言う大桑には迫力があり、久遠はぞっとする。

「ただ逃げたりしないのであれば、我々は無理強《じ》いはしませんよ。もちろん一定の期間ごとに請求はしますが、返す気持ちがあるなら無理なことはしません。こっちも手間がかかりますから」

「火尻さん、返す気持ちがないんじゃないのかなあ」彼らを火尻にけしかけたいがために、久遠は言った。「もっと強く取り立てたほうがいいかもよ」

「助言ですか？」

「まさか。人間の悪い部分は、他者に助言できると信じているところだよ」

「面白いことを言いますね。虫や動物は助言しませんか？」

「フェロモンで信号は出すけれど。人間は残念ながら、言葉でやり取りしようとするでしょ」

「言葉は駄目ですか」

「駄目、ってわけじゃないけど。言葉には、理屈と感情とかがくっついてくるからさ。素直に、ごめん、と言うべき箇所なのに、『俺がどうして頭を下げなくちゃならないんだ』と思うと、言葉が変わってくる。だからうまくいかないんだ。言葉は、頭の中の上司の決《けっ》裁《さい》をいくつももらった後でようやく外に出ていくようなものだからね。正直になれない。フェロモンみたいに素直に外に出るものだったら、分かりやすいけど」

久遠はそこでトイレを借りることにした。スーツ姿のぱりっとした恰好のスタッフが付き添い、廊下に出た。長身の黒ジャケットの若者で、無言で前を行く。

火尻は頭がいい、と思った。大桑たちの、「逃げたり、逆らったりしなければ、無理に追い込まない」というスタンスを知っているのだ。だから、逃げることはせず、あくまでも、返す意志をちらつかせて時間稼ぎをしている。

廊下はさほど長くなかったが少し入り組んでいた。

「迷路みたいだね」と声をかけると前を行くスタッフは、「このフロアの部屋をいくつか繋いでいますので」と答えた。

「豪華だね。蟻《あり》の巣みたいだ」

スタッフが立ち止まる。ゆっくりと振り返ると、「蟻の巣って豪華なんですか?」と真面目な顔で訊き返した。

「そりゃあもちろん、豪華だよ。巣にもいろいろあるけれど」

「シロアリは蟻の仲間ではないんですよね」

「シロアリはゴキブリの仲間だからね。ああ、そういう意味では面白いのは、カカトアルキという虫がいるんだけど」

「ああ、知ってます」スタッフは無表情ながら、少し声を弾ませた。「八十八年ぶりに目《もく》が増えた新発見」

久遠は嬉しくなる。世界中では常に新種の昆虫が発見されているが、そのいずれもがバッタ目やチョウ目、トンボ目など、すでに存在している分類、「目」のどこかに含まれる。が、ドイツの大学院生の観察力と熱心さによって発見されたカカトアルキは、どの「目」にも入らない、まったく未知なる昆虫で、そのため、「カカトアルキ目」という区分が作られた。二十一世紀になって、新しい「目」ができたことは驚きだった。「よく知ってるね」

「新種といってもあくまでも人が最近発見しただけで、カカトアルキ自身は昔からいたんでしょうが」

「うんうん」久遠は仲間を見つけたような気分で嬉しくなる。「知ってる？　カカトアルキは八十八年ぶりの発見だったけれど、その八十八年前の発見は何だったのか。ガロアムシ目なんだよ」

「聞いたことがあります」

「そのガロアムシとカカトアルキはかなり近い関係にあるんだ。系統図で言えば隣同士。しかもその隣は、網翅目《もうしもく》なんだ」

網翅目とは、ゴキブリとカマキリを合わせた分類のことだ。普通の人には分からないかもしれないと思ったが、そのスタッフはすぐに、「ああ」と言った。「カマキリがゴキブリの近縁って意外ですよね」

久遠も同意する。「だからさ、まだまだ、ゴキブリ近辺には新しい生き物が隠れているんじゃないかな、と僕は思うんだ」

スタッフは少し目を見開くと、「言えてますね」と言う。

「驚いたな」久遠は思わず言っている。

「どうしたんですか」

「こんな話にそんなに興味を持った反応をしてくれる人はいないからね」

「詳しくはないんですが興味はありますよ」

「昆虫の目《もく》の話に？　ありがたいなあ」久遠は先へ進む。廊下の奥の部屋、ドアの横に認証装置らしきものがある。「トイレに暗証番号が必要なの？」と言う。

「いえ、こちらです」スタッフは静かに久遠の足を止めさせた。すぐ横のドアを指差す。

「暗証ロックなんて、少し古風だね」先ほどのドアのほうを振り返りながら言った。軽《かろ》んじられたと感じると、人はムキになり、言わなくてもいいことを口にすることがある。簡単な煽りに、相手が乗ってくるかどうか自信はなかったが、彼はすぐに、「いえ、指紋です」と言い返してきた。

指紋かあ、なるほど最新だね、と曖昧に言った後でトイレの中に入る。

さすがに中にまでスタッフがついてくることはなかった。もともとマンションに入る前に念入りなボディチェックをされ、いかさま道具がないことは確認されている。とはいえ財布の中身までは調べられなかった。

久遠は財布を取り出し、カードの隙間に指を入れ、押し込んでいたものを大事に取り出すと、小さな棚のところに置いた。

「ごめんなさい」と久遠が謝ったのは、帰り際《ぎわ》だった。

「どうかしましたか？」大桑はロボットじみた顔は変えなかったが、意表を突かれた様子は見せた。

「これ」久遠は自分のスマートフォンを出す。「さっき亀の写真撮るな、と言われたけれど実は一枚、撮っていたんだ」

大桑はスマートフォンを手に取り、「ああ」と残念そうに言う。

「すごく可愛かったから」

「申し訳ないのですが、写真を撮られるのは好きじゃないので」

「だよね」久遠は言う。「削除して。他にも撮っていないかチェックしてもいいし」

それが潔《いさぎよ》いと思ったわけでもないだろうが、大桑は怒るでもなく、淡々とスマートフォンを操作し、久遠に手渡してくる。「正直に言ってもらって良かったです」

もし、隠したままで帰ろうとし、そこで無断撮影が発覚したらどうなったのだろうか。想像すると恐ろしい。

久遠はマンションを後にし、建物から遠ざかったところで息を吐き、肩の力を抜く。そこに至り久遠も、自分が緊張していたことに気づいた。

スマートフォンで電話をかける。相手はすぐに出て、「どうだった？」と訊ねてきた。

るのかな」

「ああ、成瀬さん、ポーカーは何とか負けずに帰ってきたよ。あれって、いかさま使ってんだろう」

「使おうと思えばいつでも使えるんだろうな。ただ、いかさまする以前に、もともと強いんだろう」

「技術的に？」

「技術も知識も勘もあるんだろう。だけど負けなかったのはすごいな」

「いい人だった。ほかのスタッフもね」

「おまえの尺度も謎だからな。それで、目的の情報は手に入ったのか」

「ある程度は」

「会った時に詳しく教えてくれ」

「任せておいて。あ、響野さんはあそこで大負けしたんでしょ」

「ポーカーか？　そうだな」

「じゃあ後で自慢しなくちゃ」

「余計にうるさいぞ」成瀬が言う。「ところで俺のほうに連絡があった」

「連絡？　響野さんから？」

「いや、憧《あこが》れのアイドルからだ」

一瞬何のことかと思ったが、少しして思い至る。

「サイン会のファンレターも効果あるんだね」

「ちゃんと読んでくれているものなんだな」

＝成瀬Ⅶ＝

ファン【fan】①スポーツや芸能、また選手・チーム・芸能人などの、熱心な支持者や愛好者。ひいき。fanatic（熱狂者）の短縮形。②扇風機。送風機。換気扇。


「やはり、気になるものか」ベンチに座る成瀬は言った。「大変なものだ」

隣には、サングラスにマスクという出で立ちの女性、顔をほとんど覆った宝島沙耶がいる。「あ、いえ」

「サングラスをしていても、きょろきょろしているのが分かるほどだ」

「こういう大勢の人がいるところはやっぱり警戒しちゃうんですよね」

山下《やました》公園の、海に臨《のぞ》むベンチがずらっと並んでいるうちの一つに腰かけていた。休日であるからかどこもかしこも人ばかりだ。ボールを次々と上に投げては、ダイナミックなお手玉のような動きを見せる大道芸人が左前方におり、通りすがりの人たちを集めている。

「わざわざベンチに座っている人間をじっくり眺めていく人は少ない」

「頭では分かっているんですけど」宝島沙耶は洩らす。「どこにでも勘のいい人としつこい人はいますから」

喋っているとどこからか小学生と思しき少女が成瀬たちの前にやってきて、背中を向けた恰好で地面に尻をつけた。親を待っているのだろうか。成瀬たちの前をうろうろしており、一度、「迷子になったのかな?」と宝島沙耶が声をかけたが、少女は素っ気なく否定するだけでうろうろしている。

成瀬が、「ここでお母さんと待ち合わせなのか」と訊ねると、「うん」と答えた。成瀬は、宝島沙耶に肩をすくめてみせる。

「わたし、正直なところ困るんです」宝島沙耶は言った。

「困る? 目の前でうろつく少女にか?」

成瀬の発した冗談は空振りする。「そうじゃなくて、牛山さんのことです。関わりを持ちたくないんです。わたし、牛山さんとはあまり関係ないですし」

成瀬は、「だが」と言う。「だが、この間の本には牛山さんのことが書いてあった」

「ああ、あれ」彼女が、こちらを小馬鹿にするように顔を歪《ゆが》ませる。「そんなに深い意味はなかったんです。ただあのお姉さんのことはなぜかよく覚えていたから、書いておこうと思って」

「恩人ではなかったのか。本にはそう書いてあったが」

「助けてもらったのは事実ですけれど。恩人って言葉は分かりやすいかな、と思って、それで使っただけで」

「それならどうして、彼らの手伝いをしたんだ」あのホテルで、火尻を引き寄せるために自分が囮《おとり》となった件について、そう話した。

「手伝いってほどではないですよ。もともとわたしは関わり合いたくなかったくらいですから」宝島沙耶の吐いた溜め息が、マスクを少し揺らした。「頼まれて渋々、協力しましたが」

はっと気づけば、火尻が現われていた。迷子もどきの様子でちょこまか歩いていた少女の横に立ち、その少女の腰のあたりからスティック状のものを取り出す。無愛想に指示を出し、少女を追い払うようにした。

「いやあ、成瀬さん、こんなところで」火尻が嬉しそうに言う。

「さっきの子にマイクでも持たせていたのか」こちらの会話を盗聴するため、少女を近くに来させていたのだ。手の込んだことをやるものだ、と感心した。「自分の娘、というわけでもないんだろうな」

「お小遣いをあげたら、手伝いをしてくれる人間は年齢にかかわらず、いる」火尻は言いながら、自分の耳からイアフォンめいたものを外した。

「小遣い欲しさに怪しい仕事を手伝わせるのは良くない」成瀬は本心から言った。

「別に、児童ポルノの世界に入らせようというわけではないですよ」

「だが、火尻さんの仕事を手伝った子供が、次に、もっといかがわしい仕事を頼まれた時に、警戒しなくなる可能性がある。あの時は問題がなかったから、と油断するかもしれない」

「仮にそうなっても、俺が直接、悪いことをしたわけじゃないからね」

「間接的に人を不幸にすることについては、気にしないものなのか」

火尻は鼻を膨らませた。「それを言いはじめたら何もできなくなりますよ。よく言うだろ、刃物で殺人事件が起きたら、刃物を作った人間が悪いのか？　金銭が理由で人が死んだら、お金を印刷した人間がいけないのか？　とんでもない、という話じゃないか。人が不幸になった原因をいくつも遡《さかのぼ》っていったら、誰だって加害者だよ」

「かもしれないが、火尻さんがやってきていることは、それとは違う」

「違う？　そうですかねえ」

「記事によって傷つく人間がいる。これは間接じゃない。直接だ」成瀬は言いながら、フリーキックで飛んだボールが弧を描き、ゴールネットを揺らす場面を思い浮かべる。

「もし俺がそんなに悪いのだったら、とっくに捕まっているんじゃないかな」

「俺が言いたいのは」

「何ですか、課長」

「もう少し、申し訳なさそうにしたらどうだろう、ということだけだ」

火尻にはその言葉は届かない。言いがかりをつけられた、という表情で首を傾げた後で、「それにしても」と歯を見せた。「まさか、宝島さんと成瀬さんがお知り合いとはね」

宝島沙耶がサングラスをいじり、顔を俯《うつむ》かせた。

「いつから」と成瀬は言う。「俺をつけていたんだ」

「いえ、さすがにこちらも、無名の公務員、成瀬課長をしつこく付け回すほど暇じゃないですよ」

「良かった。無名の公務員をしつこく付け回すほど暇なのかと、心配していたんだ」

「こちらの宝島さんのほうですよ。俺がつけていたのは」

「いつから」宝島沙耶はマスクに手をやる恰好をし、眉をひそめた。

「昨日から。最近はあまり仕事がないようで、まあ、あんな雲隠れみたいな真似をしたら、あちこちから干されるのは仕方がないだろうがね。おかげで後をついていくのは楽だった」そのあたりから、火尻は自らの本性を露《あら》わにするように口調が砕《くだ》けてきた。「嘘じゃないよ。写真も撮っているからね。今日は昼前に、ネイルサロンに立ち寄った。その後は昼食に。爪に手間暇かけるなんて、贅沢なもんだ」

秘密を言い当てられたかのように、宝島沙耶が自分の爪を隠すようにした。「それが、唯一の息抜きだから」とぼそぼそと説明する。

「そこから買い物に出かけ、タクシーに乗るからどこへ行くのかと思っていたら、ここ山下公園に着いて、しかも、俺のよく知る男性と待ち合わせをしていたから、驚きましたよ。偉大なる強盗の成瀬さんと。夢のツーショットですよ」

「強盗?」宝島沙耶が訊き返す。

「比喩《ひゆ》表現だろう」成瀬は誤魔化すようにした。

「最近の集音マイクは性能も良くなっていてね、先ほどの会話もそれなりに聞こえたんだけれど、詳しくは分からなかった。いったい何の話をしていたのか、教えてくれないですかね。彼らに協力、って何のことなのか」

腰を低くしてみたり、対等に向き合ってみたり、時には上から脅すようにしたり、と火尻は次々と構えを変えるボクサーのように、口調や顔つきを切り替える。

「牛山さんという名前が出ていたが、誰なんだ」

「聞き覚えはないか？」成瀬はじっと、火尻を見た。

「いや、ないな。牛さん？　男か女か」

「本気で言ってるのか？」

「そりゃもちろん」

嘘をついている様子は皆無《かいむ》で、成瀬は溜め息を吐く。自分の記事が原因で自殺した人間の名前を、覚えていないものだろうか？　確かに、覚えていなくてはならぬという法はない。成瀬は幻滅はしなかった。期待した反応と言ってもいい。

「わたし、あの、帰ります」宝島沙耶は、ぬかるみから早く逃げなければ、沈んでいってしまう、と思っているようだった。

「あ、待ってくれ。いやあ、挨拶が少し逆になったがね、こういうものでね」火尻は名刺を前に出した。「何度か、渡しているはずだが、おそらく処分しているだろうしね」

「いりません。あなたたちなんて」宝島沙耶は手を振り、その名刺を振り払った。ひらひらと名刺は地面に落ち、どこからか吹いた風により、飛んで行った。「寄生虫みたいなものじゃないですか」と声こそ小さかったが、きんきんとした言葉を投げた。

火尻はさすがに不愉快そうで、「ちょっと待て。待てよ」と怒りを抑えているのが分かる。「そういう言い方はないだろ。こうなったら、二人の写真を週刊誌に載せるしかない。いや、もう載せる。さすがの俺も腹が立った」

「二人の？」成瀬は顔をしかめる。「どういうことだ。一般人の俺と彼女が公園で会っただけで記事になるとは思えないが」

「そこをどうにかするのが、こちらの手腕でね」火尻は自分の右腕を、左手で軽く叩いてみせた。「だいたいね、彼女のような有名人が、一般の男、しかも離婚歴のある男と、公務員と公園でデートしている時点で、人は興味を持つ」

「離婚歴があっても別にいいだろうに」

「息子さんのことも書く」

「それはどうかと思うが」成瀬はムキになる必要は感じなかった。

「二人のご関係がどういうものなのかはこれからゆっくり調べるけれど、仄めかすことはいくらでもできる。それに、成瀬さんが果たして、一般人と言えるかどうか」

「言ってほしいものだが」

「犯罪者と宝島沙耶の密会となれば、これはもう、ファンならずとも目をきらきらさせるだろうな」

「犯罪者？」宝島沙耶がこちらを訝るように見てくるのは、サングラス越しでも分かった。

「証拠もなく記事にして、困るのはどっちか」

「そりゃもちろん」火尻はそこで初めて、牙を剝く。嫌々纏《まと》っていた服を脱ぐかのように、行儀や礼儀はもはや不要と、開き直ったのかもしれない。「おまえたちのほうだよ。困るのは」と乱暴に言った。「いいか、俺の記事に怒った人間は今まで、たくさんいる。訴えてきた奴もいれば、裁判を起こした奴もいる。雑誌に脅しまがいの電話をかけてきた奴もいる。裁判でこっちが勝った場合もあれば、負けたこともある。そして、どうなったか」

「どうなった」

「おまえたちの前に、俺は立っている。それが答えだ。自由に、楽しく生活ができ、しかも、まだ同じ仕事を続けていられる。ようするに、俺は困っていない。そして裁判で勝ったほうはどうだ。謝罪記事が出て、溜飲《りゅういん》を下げたか？　違うだろう。悔しさが解消されたか？　違う。余計に、地団駄《じだんだ》踏んでるのがオチだ。どうやっても、俺は困らない。記事で困った人間に怒られるのには慣れている。何が起きるのかも見当がつく。慣れていないおまえたちはこれから大変だ」

成瀬は、火尻を見た。腹は立ったが、言わんとすることは分かる。記事が誰かを傷つけ、仮に、謝罪記事が載ったところで火尻は傷つかない。

宝島沙耶の肩が小さく上下しはじめていた。マスクが苦しくなったわけではないだろう。不快感と怒りで、息が荒くなっている。

「さっき、寄生虫と言ったがね、それもよく言われる。ハイエナともね。ただ、俺に言わせればそれは少し違う。俺は、少し弱った昆虫を、蟻の群れの中に落としてやるだけなんだ。あとは、蟻がその虫を食い尽くす。この場合、その虫を食ったのは誰だ？　ハイエナは俺ではない。群がって、食い散らかして楽しむのは、大勢の、普通の、人間だ。そうだろ？　世の中は、どの人間も誰かの寄生虫なんだ」

「なるほど。群れを動かすだけ、ということか」

「その通り」

「息の根を止めることはないのか？」

「はあ？」

「もし、群れがのろのろしていたら、おまえがさっさと息の根を止めることはないのか」

どういう問いかけなのか、と火尻は一瞬眉根を寄せたが、すぐに、「可能性はある」と答えた。

「どういう意味だ」

「弱ったまま、生き恥を晒《さら》すくらいなら、俺が息の根を止めることもあるだろうな」

「募金の邪魔もしていると聞いた」成瀬は、田中から聞いた話を思い出し、言った。海外での手術のために必死に募金をする家族に、火尻が絡んでいる、という噂で、邪魔をしているかどうかまでは分からなかったが、おそらく良からぬことを企《たくら》んでいるのだろうとは想像できる。

よく知ってるな、という顔を火尻は見せる。「邪魔をしているわけではないよ。むしろ協力しているんだ」

「どうやって」

火尻は大袈裟に肩をすくめる。「記事にして、募金を呼びかけた。いい記者だろ?」

「ただで書いたわけじゃないだろう」

よく知ってるな、と火尻はまた言いたげだ。「父親が飲食店をしているからな、そこでずいぶん飲み食いさせてもらった。そりゃ、子供の手術のために、記事を書く俺は救世主みたいなものだろう」

確かに、募金のことを広めてくれるのであれば、親からすれば火尻に縋るような思いだったに違いない。「それで、記事の効果はあったのか」

「なぜか、今いち効果がなかったらしい」火尻は、明らかに愉快げだった。どの媒体に記事を書いたのか、と訊ねれば、ヌードやスキャンダルのみが載る週刊誌の名前を口にする。そんなところに、手術を望む家族の記事を載せて、影響力があるとは思えなかった。

「俺はちゃんと書いたんだぜ。約束は果たした」

「その子は結局、どうなったんだ？」

「家族で募金箱を持って、まだ路上に立ってるんじゃねえか？　時間切れ間近かもしれないが」

「他人事のような言い方だな」

「知らないかもしれないから言うが、他人なんだよ」

もう我慢できない、とばかりに宝島沙耶はその場から離れようとした。

残った成瀬に、火尻は、「もう悠長《ゆうちょう》なことは言わないよ」と言う。

成瀬は、宝島沙耶を見る。彼女は明らかにむっとしているが、一方で、睨んでくる蛇を警戒するように、体を強張らせていた。

彼女が背負っているものは多い、と成瀬は思う。スキャンダルがあれば、自分だけでなく、仕事関係者、事務所だけでなく、自分がコマーシャルに出演しているメーカー、家族や親戚、友人たちにも影響がある。ふだん、「宝島沙耶、私の親戚なの」と自慢していた者たちが一転し、そのことを後悔しはじめるだろう。自転車とぶつかっただけでもニュースになるのかもしれない。

「期限を覚えているかい、成瀬さん」

「期限か」

「残り一週間だ。どうにかしてくれ」

「どうにか？」

「前から言っているお願いごとだよ」

カジノグループに掛け合い借金をなしにする、という話だとは分かった。「あと一週間か」

「いいか、延期はなしだ。来週の日曜日までに、いい連絡がなければ、俺は全力を出して、記事を書くだろうな」

「何事にも全力を出すのはいいことだ」

「わたしは関係ないでしょ？」宝島沙耶が神経質な声を出す。

「関係ないなら、どうして会っていたんだ」

「この人が脅すようなことを、手紙に書いてきたから。この間のサイン会で。会わないと何をされるか分からない雰囲気だったから」

「脅すつもりはなかった。ただ、話を聞いてほしかっただけで」成瀬は言う。

火尻は、成瀬と宝島沙耶を交互に眺め、「まあ、事情はよく分からないが、ここで、じゃあさよなら、とはいかない」駆け引きは捨て、直球勝負の下品な脅迫者と化している。

「残念だが、宝島さんも参加してくれないと困るんだよ」

「わたしは関係ない！」彼女が金切《かなき》り声を出した。

第四章

悪党たちは別の悪党から逃《のが》れるために必死に行動するが、予定通りに物事が進まない。

——計画を立てるのは人だが、成敗《せいばい》するのは天だ。

＝響野Ｖ＝

ちらし【散らし】①広告・宣伝のために配る印刷物。多くは一枚刷《ず》りで、新聞に折り込んで配る。散らし広告。「害虫駆除業者の―」②「散らし鮨《ずし》」の略。③「散らし模様」の略。④「散らし書き」の略。⑤小説において、読者の注意を別に逸《そ》らすための小細工。

「分かります」響野は言った。目立ってはいけないと承知しているものの、声のボリュームつまみが見当たらず、声が大きくなってしまう。「防犯上、投げ込みチラシはいけない。それはまことに正しい。分かります、としか言いようがない。あなたは今、正しいことを私に言いました」

前にいるのは、マンションの管理人室から出てきた管理人だった。四角い顔をし、眼鏡をかけている。定年後の仕事としてマンション管理会社に勤めているのだろうか、背広姿は決まっており、貫禄があった。

「どうしても駄目なんですか」隣にいる女性が管理人に話す。素朴な疑問をぶつけるような言い方は自然だった。

なるほど、言葉をたくさん尽くして喋るよりも、簡単に疑問を口にしたほうが相手は聞く耳を持つのかもしれない、と響野は人生のコツを、自分より二十歳は若い女性から教えてもらった気分になるが、いかんせん、意識するより先に言葉が口から出ていくのだからどうしようもない。

「ポストのところにも書いてあったと思うけれど、ここはチラシ投函《とうかん》禁止だからね」

響野たちがマンション一階の郵便受けにチラシを入れようとしていたところ、管理人がやってきて、「駄目だよ」と言ってきた。

「どんなものでも？」響野は、管理人をじっと見つめた。「私たちはチラシを配ることに命を懸けている、と言っても過言ではないのだが。どんなに重要なお知らせでも入れるべきではない、とおっしゃるわけか」

「重要な、とはたとえば」

「たとえば、『このマンションの郵便受けに、無断でチラシを入れる輩がいるのでご用心』

という警告のチラシ」

「チラシを入れる奴がいるぞ、というチラシを入れる、と」

「たとえば、の話だがね」

「実際は何のチラシなの」管理人が手を出し、響野の持っている束から一枚を引き抜いた。「ええと、害虫？　クモ？」

「セアカゴケグモですよ。ここ数年、よくニュースでもやっているのをご覧になったことがありませんか？　外来種で、神経毒を持っていますからね、噛まれるとそれが人の体に入るわけです。ああ、そういえばこのマンションに抗血清《こうけっせい》はありますか？」

「抗血清？」

「毒にやられた人に注射するためのものですよ」

「あるわけが」

響野は大袈裟にかぶりを振る。「まさか、本当に置いていないとはね。驚きです。無策、無防備の人間が、敵の存在を頑《がん》として認めないようなものじゃないですか。呆れますね。いいですか、もしですよ、このマンションにセアカゴケグモが現われたら、管理人としてどうするつもりなのか」

管理人は冷静だった。饒舌《じょうぜつ》に、急かすように煽り立てる響野に対し、戸惑いを浮かべたものの、だからと言って、「念のため、ポストに入れて行っていいよ」と許可するようなことはしなかった。動揺しながらも、「ただねえ」と顔をしかめた。「ただねえ、マンションにそんなクモが入ってくるのかい？　エレベーターに乗って？」

響野は痛いところを突かれ、分かりやすいほどに痛そうな顔をする。

「最近の事例では」と横から、女性が口を挟んでくれる。「宅配便の荷物の底によく、くっついて運ばれてくるそうです」

咄嗟に出た言葉だろうが、真実味はあった。響野は、その女性に感心する。彼女はもともと、牛山沙織が働いていた風俗店で同僚だった女性だ。火尻に復讐するために、あのホテルのカフェスタッフとして参加していた。今回、響野たちが行動するのに際し、彼らにも協力を仰《あお》いだ。声をかけたものの、どの程度、響野たちのやることに理解を示し、役立ってもらえるのか、もしくは足を引っ張るのかは未知数だったが、落ち着いている上に機転が利き、予想以上に頼れた。

「でもなあ、チラシは困るんだよ」

規範意識が高い人間は、厄介だ。でたらめな言葉で煙《けむ》に巻こうとしても、常に、「規則」に立ち返る。

「クモを舐《な》めたらまずいですよ。武器の照準がありますよね」

「武器?」

「ライフルなどの照準の十字の線、あれはクモの糸を使っていたことをご存じですか? 気温などに影響を受けず、安定しているからという理由でね」

「それが何か」

「クモは武器も同然ということですよ」響野は言い切るが、もちろんそのような言葉で納得する管理人ではない。「どうしてそうまでして、チラシを入れたいのか。そこを逆に警戒しちゃうんだよね」と鋭いことを言った。

そこで、「それならば」と言ったのはやはり、響野の隣の女性だ。「こうしたらどうですか? このチラシは管理人さんにお渡しします。それを、マンションの掲示物としてどこかに貼ってもらってもいいですし、それも難しいようでしたら、管理人さんのほうで、『クモを見かけたら連絡してください』とでも注意書きを作ってもらえませんか? 発見した人がいましたら、管理人さんのほうでわたしたちのところに電話をいただければ、駆けつけます」

「ああ、なるほど」

「それがいい。私たちとしてはね、あくまでもみなさんの安全、毒グモの恐怖を減らすことが目的でしてね。チラシを配ること自体が目的ではありません」

「さっきは、チラシ入れに命を懸けている、と言っていなかったか」

「これだけは言っておきますよ」響野は相手に顔を近づける。「命は軽々しく懸けるものではない」

「先に言ったのは」

響野はその続きは言わせない。手を突き出し、「とにかく」と言い切った。「とにかく、私たちはクモのことを気にしているだけなのだから」チラシを管理人に渡し、証言台の宣誓をするように肘《ひじ》を折り、右手を挙げた。「クモの未来に」

釣られた管理人が真面目な顔つきで、やはり右手を出し、「クモの未来に」と言う。

外に出て、車に戻る。このために借りたレンタカーだった。響野は助手席に座ると、「上出来だ」と言う。

彼女は目を細めた。「これでわたしの仕事はおしまいですか?」

「たぶんな」細かいことは成瀬に訊かないと分からなかった。「巻き込んで申し訳がないが」

「それはこっちの台詞ですよ。わたしたちが巻き込んじゃってるんですよね?」

「見方によるな」響野は言う。

「でも、本当にあそこからお金、取れるんですか?」ハンドルを握った彼女が、フロントガラスの先を顎で指した。先ほどのマンションがある。

「たぶん」これもまた成瀬に確認を取らなくては、分からない。

「そのことで、あの記者をやっつけられるんですか?」わたし頭が悪いからよく分からないんですけど、と彼女は付け足したが、今のチラシ配りでの管理人との駆け引きを見る限り、頭の回転が速いのは響野にも分かった。

火尻を黙らせるために、とりあえず、カジノグループに対する借金をどうにかするしかない。成瀬は、響野たちにそう言った。

「わざわざ、やってあげるの?」嫌そうにこぼしたのは久遠だ。

「やってあげなければ、火尻は追い込まれる。追い込まれた火尻は、頑張って記事を書くだろう。そうなったら、宝島沙耶は大変だ」

「わたしたちのことも書かれるわけね」雪子が溜め息を吐いた。

銀行強盗と思しき四人組、としてあることないこと、個人情報を明かさずとも仄めかしのテクニックを駆使し、書かれるに違いない。雪子と慎一は、元夫の地道のことで周囲から白い目を向けられる可能性もある。

「そうなったら、私の店の今後も考えないといけなくなるな。成瀬、おまえも強盗がばれたら」

「公務員の副業は許されていないからな。規則を確かめていないが、銀行強盗の副業は許す、という項目はたぶんない」

「それで、どうやる」

「すでに久遠が下準備はしてくれている。次はおまえの出番になる」

「私にしかできないような大役なわけだな」

「チラシ配りだ」


その大役を終えた響野の隣、運転席にいる彼女が、「わたしたち、なるべく、あの人には迷惑かけたくないんですけど」と言った。

ええとそれは私のことか、と響野は言いかけたが、違うとすぐに察した。「芸能人だからな」

「失うものが多すぎますし」

「彼女はずいぶん協力的だ」成瀬や雪子から聞いた話では、牛山沙織のためであるならばどんなことでもする、といった覚悟がある様子だった。

「そうなんですよ。わたしたちが、あのホテルでのことを計画した時も、あの人が本気だったから、がんばろう、と思えたんですよね」

「殺す計画をがんばろう、というのもどうかと思うが」

「ですよね」顔をくしゃっとさせて笑う彼女は嫌みがなく、可愛げがあった。「ただ、あの人はほんと、真剣ですよ」

「火尻を殺すことにか？」

「物騒なことを何回も言わないでくださいよ」と彼女は笑う。「あの人、牛山さんの無念を晴らしたい一心なんですよ。わたしたちももちろん、同じ気持ちではありますけど。だって、通り魔に遭って、悪いことなんてしていないのにひどいことを記事に書かれて。もともと優しい人だったから落ち込んじゃってあんなことに。そんなのナシだと思いませんか？　もし審判がいたら、絶対誤審ですよ」

「審判が？」

「いたら、ですよ。フェアじゃないですもん、ジャッジが。あの記者なんてほんとは一発退場のはずなのに」

なるほどなるほど、とうなずきながら響野は、私たちは退場しなくて良いのだろうか、と疑問に思う。誤審続きで助けられているのかもしれない。

「あ、でも、どうやってあの人と話をしたんですか？」宝島沙耶のことだとは分かる。「あの失踪の時以降、事務所の人がメールの内容をチェックするようになったみたいですよ。そういうのって、憲法違反じゃないんですかね？　他人のメールを読むべからず、みたいな」

「べからず、とは憲法にはないかもしれないが、彼女もメールのやり取りには神経質になっているようだったな。最初は、私の仲間のところに連絡があったが、それも封書だったらしい」

成瀬がサイン会の時に渡した手紙には、「自分たちはホテルでの計画を知っている」「自分たちは火尻に困らされているため、味方である」旨《むね》を記し、「興味があるなら連絡してほしい」とメールアドレスと民間私書箱の住所を書いたらしかった。宝島沙耶が連絡してくるかどうかは定かではなかったが、成瀬は、「五割よりは可能性がある」と踏んでいた。

「サイン会で、俺が、牛山沙織の名前を出したからな。ただの悪ふざけとは思わないかもしれない」

宝島沙耶からは手紙が届いた。メールは事務所からチェックが入る可能性があるために使わないほうが無難、との説明があり、「詳しい話を聞きたいから」と安全な場所を指定された。

「ああ、なるほど」運転席の彼女がエンジンをかけながら、言う。「わたしたちの時と同じやり方ですね。ということは、そっちのグループにも女性がいるんですか」

「まあ、そうだな」

「そっちは何をしているグループなんですか」

響野たちは自分たちのことを、火尻と敵対する何らかのチームだとしか説明していなかった。真っ当な仕事をしているとは思っていないだろうが、銀行強盗だとも想像していないはずだ。

「私たちはまあ」響野はその場で思いついたことを口にするだけだ。「セアカゴケグモ友の会だな」

「だと思いました」

‖ 雪子 Ⅴ ‖

つめ【爪】①ヒトの手足の指先や爬虫類《はちゅうるい》以上の脊椎《せきつい》動物の指趾《しし》の先端をおおう板状の角質の部分。ヒトの平爪、イヌ・ネコの鉤爪《かぎづめ》、ウシ・ウマの蹄など。「―を切る」「―でひっかく」②

琴を弾《ひ》くとき、指先にはめる爪状の道具。琴爪。③物を引っかけたりつりさげたりするもの。鉤の類。④けちで欲深いこと。―のあか【爪の垢】煎《せん》じて飲むことができる。


「あの記者の借金をなくすために、危ない橋を渡るなんて、わたしは腹が立って仕方がないんですが」雪子の前にいる宝島沙耶は、頭から湯気が出るような気配もあった。

「大丈夫、わたしたち、危ない橋を渡るのは慣れているから」

「石橋を叩いて渡るんですか？」

「叩くこともあれば、叩かないこともある」

宝島沙耶は手をこちらに出したまま、微笑む。さすが芸能人は輝きが違う、と感じるような笑みではなく、自然体の、穏やかな表情だった。「あの、みなさんは何をされている方なんですか？　この間、山下公園でもあの記者が、強盗がどうこうと言ってました」

「強盗！」雪子は小声で叫ぶようにし、口を手で押さえる真似をした。「そんなに怖いものじゃないんだけれどね。ただ、威張《いば》れることをしているわけでもなくて。でも、何度も言うけれど、わたしたちはあの火尻の敵、あなたたちとは同じ側だから。それは信じて」

「はい、信じることにしています」

「でもあの日、山下公園で本当に、火尻がやってくるとはね」

先日も雪子はこの場所で、宝島沙耶と会った。成瀬に送ってきた葉書に、そう指示があったからだ。メールでのやり取りは控えたい。とはいえ仕事柄、自由に会いに行くのは難しいが、唯一、密談できる場所がある、と。

さすがの成瀬も、ネイルサロンを指定されるとは思ってもいなかったようだった。

宝島沙耶は仕事の合間を見つけては、決まったネイルサロンに来る。そこの経営者とは昔から親しく、気の置けない仲で、宝島沙耶の我儘《わがまま》を叶えてくれるようになったのだという。つまり、宝島沙耶が周囲の目を気にせずに誰かと話をしたい場合、そのネイルサロンのブースを貸してくれるのだ。

その時も、宝島沙耶は客として座り、スタッフのふりをした雪子が向き合った。爪を処理し、装飾するために客とスタッフとの距離は近く、さらにはまわりに誰かが近づくことはない。

秘密の話をするのには適していた。

先日も雪子はこのネイルサロンで話をし、成瀬から事前に言われていた通りのことを伝えた。この後、山下公園で成瀬と会って、話をしてほしい。尾行されている可能性はあるため、はじめは本題に入らず、様子を見て、牛山沙織のことに関しては興味がないふりをすること、とも頼んだ。もし火尻が尾行しているとするならば、知らぬ間に、話を聴いている可能性があるからだ。

「まさか本当に、盗み聞きしているとは思いませんでした」宝島沙耶は言う。

成瀬もさすがに呆れていた。「公園のベンチ近くにいた子供が、俺の質問に嘘で答えてきたからな。近くに、火尻がいるんじゃないか、と彼女に目配せしたんだ。案の定、火尻が姿を見せたんだが、強気の直球で、脅してくるとは予想外だった。あれほど分かりやすく、本性を出してくれるとはな。もう少し出し惜しみしてもいいと思うんだが」と嘆《なげ》いた。

結局、宝島沙耶とはまともに話ができず、またこうして、ネイルサロンで打ち合わせすることになった。

「でも、いったいどうするつもりなんですか。あの記者の借金ってたぶん、結構な額ですよね。それを埋めるなんて」

「まあ、やってやれないことはないかも」

「そうなんですか」

「もうすでに動いてはいるから。あなたの仲間の力も借りて」

「わたしの仲間？」

「あの記者をホテルでやっつけるための仲間。牛山さんの恋人だった人をはじめ」

「みなさん、いい人ですよ」

「そのいい人たちに頼んで、手を貸してもらうことにしたから」

カジノグループには、成瀬や響野、久遠も会っているため、マンションを訪れる際に顔を合わせると面倒なことになる可能性はある。今後の作戦を考えれば、自分たち以外の人員が必要なのは間違いなかった。

「わたしにも何かできればいいんだけれど」

「いや、あなたが動くと目立っちゃうから」雪子は即座に言う。「仕事もあるだろうし」

「仕事はどうでもいいんですよ」彼女はあっさりと述べる。迷いがなく、清々しいばかりだった。「わたしだけ何もしないというのは我慢できません」

負傷中であるにもかかわらず、早く自分を試合に出せとボールを投げ始める野球選手のような、前のめりの姿勢に、雪子は、まあまあ、となだめる。「慌てないでも、手伝ってもらう時には出番があるから」

「わたし、本当に納得いかないんです」

「火尻のことが？」

「沙織おねえちゃんが被害者になったのは、百歩譲って、一万歩譲って、運が悪かったということにしてもいいけど、ひどい記事を書いた人が反省もしないで、へらへらしているなんて」

「実はあの記者、ああ見えて、毎日、反省と悔恨《かいこん》から仏像を彫っているかもしれない」

「本当ですか？」

「あくまでも可能性の一つとして」

「山下公園で言ってましたけど、海外で手術を受けないといけない家族がいるらしいんです」

「何の話？」

「その家族がお金が必要で、募金をしていて。それをあの記者は食い物にしようとしているみたいですよ。仏像を彫る暇はないかもしれません」

「確かに」

「沙織おねえちゃんは本当に穏やかで優しかった人なんです。人を怖がらず、馬鹿にせず」

「少し親切で」

「知ってるんですか？　あ、わたしの本を」

「とにかく、まずは来週までに、あの火尻の借金をどうにかしないといけない」

「そうしないとやっぱりまずいですか」宝島沙耶は不本意を隠そうとしない。

「わたしやあなたの記事を容赦《ようしゃ》なく書くからね。あの男が」

「それくらいは気にしません」

「まあ、そうかもしれないけど。ただ、それであの男が勝ち誇ったりしたら腹が立つでしょ。許せないよ。だから、ここは耐えがたきを耐え、忍びがたきを忍び、の気持ちでまずは、要求を叶えるしかないかも」

「借金、どうにかできるんですか」

「鋭意活動中」

カジノグループのマンションには、先日、久遠が訪れ、その際に、指紋認証のセキュリティがついた部屋を見つけている。

「たぶん、あそこには金があるんだと思う。もしくは、顧客《こきゃく》情報じゃないかな」久遠はそう言った。

そこから成瀬は計画を発案し、具体的な作戦をみなで練ることになった。

「カジノグループから大事なものを奪ってきて、それをもとに交渉するつもり」雪子は説明する。

「どうやって奪ってくるんですか？　そんなことできるんですか？」

できるのかどうかは雪子にも分からなかった。

マネージャーからだろうか、宝島沙耶のスマートフォンが着信する。「そろそろ行かないと」と立ち上がる。爪には、雪子が素人ながらに付けた色が塗られている。「これ、ありがとうございます」

さすがに恥ずかしくて雪子は、「次はもう少し上手くやるから」と言った。

‖成瀬Ⅷ‖

まち―あわせ【待ち合わせ・待ち合せ】待ち合わせること。「―の場所をまちがえる」「三分の―で東京行きが出る」当事者の片方が同意していない場合は、待ち伏せ、と呼ぶ。

火尻から電話がかかってきたのはその日の昼前だった。

「いよいよ今日が期日だけれど、どうなっている？」と安全地帯から下請けを脅すような、余裕と意地の悪さを浮かべた言い方をしてきた。「納期は守らないと。俺の仕事も締切第一だからな」

「ちょうど今日、片付くはずだ」成瀬は答える。電話番号を教えたこと自体に後悔を覚えた。

「何が片付く」

「火尻さんの借金問題が」

「本当に締切ぎりぎりだな。どうやって返してくれるんだ」火尻の声には、出題者ならではの余裕がある。答えるのはいつだって自分ではないのだ。

「あまり手の内は明かしたくないんだが」隠す必要もなかった。「あのマンションに入ってくる」

「あいつらの？　この期《ご》に及んでギャンブル頼みなのか？」

「いや、カードはやらない。カジノではなく、こっそり入り込むつもりだ」

「それで金を奪ってくるのか」火尻の声が少し上擦《うわず》った。「あそこは簡単に入れないぞ。俺がまた紹介してやるか」

「方法は考えている」

「へえ。金庫から金を取ってきて、プレゼントしてくれるわけかい」

「いや、それは賢明ではない。そのお金で借金を返済すれば、マンションから盗んだ金だと疑われるのがオチだ」

「確かにな。じゃあ、どうする」

「カジノと言うからには顧客情報を管理しているはずだ。それを奪う」

「奪ってどうする」

自分で考えろ、と突き放したくなるが、そうするのもまた億劫だった。「一つには、火尻さんの借金の根拠がなくなる。誰がいくら負けたのか、借金の額も情報が消えればそれまでだ」

「とはいえ、あそこの奴らは証拠がなくても俺を追いかけてくるかもしれない。だろ？それに借金が帳消しになるなら、俺が犯人だと疑われる可能性はやはりある」

「その通りだな」火尻のためにアドバイスをしている状況に成瀬はストレスを感じずにはいられないが、仕方がなかった。

「じゃあ、どうする」

「おそらく、顧客の中には政治家がいるはずだ」成瀬があのマンションでカードをやった際、大桑が、「自分の意見が通らなかった時、ムキになって怒るのは三流の政治家だ」と言ったが、あれは、知り合いの政治家を念頭に置いたうえでの発言に思えた。カジノに来る政治家が何人かいるのではないか。「政治家は顧客情報をばらされたら困るだろう」

「だろうな」

「そうなるくらいであれば、大桑たちをどうにかしようとするかもしれない」

「政治家を動かして、あのカジノを摘発させるのか？」

「そんなところだ。表通りから堂々と摘発するのは難しいかもしれないが、裏の力で何とかならないか」

「裏の力？　政治家を買いかぶりすぎているんじゃないのか」

「政治家にもきっといろいろいるだろうからな。強い敵を撃退するためには、別の強い奴をぶつけるのも一つの作戦だ」

「なるほど」と火尻は少し考えるような間を空けた。「まずはその顧客情報を見てからだ。本当に、持って来られるのか？」

「そうしなければ、俺たちもまずいからな」成瀬は本心からそう言う。

火尻の声は満足そうだった。「もう、発表する記事の原稿はできあがっている」と誇らしげに言った。「気を付けたほうがいい。これが雑誌に載ったら、宝島沙耶もおまえたちも今のところには住んでいられなくなる」

「そんなに恐ろしい記事なのか」成瀬はさすがに笑いそうになった。人を町から追い出すような力が、おまえの記事にはあるのか、と言いたかったが、それはやめた。おそらく、火尻自身には実績があるのだ。無根拠の空威張《から》りではない。成瀬が知っているだけでも、三人が記事をきっかけに、法的な因果関係ははっきりしなくとも、亡くなっている。引越しを余儀《よぎ》なくされた人間の数はもっと多いだろう。

「俺の経験からすると」火尻が言う。「宝島沙耶は仕事が減って、遅かれ早かれ、引退。成瀬さん、あなたは間違いなく、職場にはいられなくなるだろうし、うまくいけば、息子さんの就職先にも影響が出るだろうね」

「うまくいけば、か」成瀬はぼんやりと復唱する。

「前にも言ったかもしれないが、マスコミってのは、政治に関係しない、どうでもいいスキャンダルが大好きだ。責められるリスクは少なく、客を集められる」

「火尻さんの実力のほどは存じ上げている」成瀬は言うだけだ。

火尻は、「十三時に」と時間を指定し、会うための場所を指定した。「店の場所は分かるか」

「調べればすぐに分かる」電話を切ると、目の前にいる響野が、「どうだ」と訊ねてきた。

「いい知らせか」

「良くも悪くもない、普通の知らせだな」成瀬は答える。「とにかく俺たちは予定通りに進めるしかない」

「久遠で大丈夫なのか？」

「どういう意味だ」

「いや、あいつはこの間、あのマンションに行ったばかりだ。顔でばれるかもしれないだろ」

「ただ、俺もおまえもカジノには行っているからな。消去法からすると雪子なんだが」

虫は無理。

雪子はそう言って、拒否した。実際のところ、虫に関する知識があったほうがいいことを考えれば、久遠が適任なのは事実だ。

「変装とまではいかないまでも、マスクでもして誤魔化すしかない。ちょうど田中から買ったマスクがある」

「何でも売ってるな」響野が苦笑する。

「マスク越しで声が変わるらしい。手軽なボイスチェンジャーだ。それを使って。あとはもう一人、この間もおまえと一緒にチラシ配りをしてくれた」

「ああ。彼女は非常に頼りになる。落ち着いているし、機転が利く」

「彼女が今日も手伝ってくれる。久遠と一緒にマンションにな」

「いっそのこと、これからはあの子を仲間に入れてもいいかもしれないな」響野は自分の淹れたコーヒーに口をつける。「久遠よりもよっぽど活躍するだろう」

「賭けてもいいが」成瀬は言う。「あとで久遠も同じことを言うぞ」

「『僕のかわりに彼女を仲間に入れたらどうかな』とか？　あいつがそんな殊勝《しゅしょう》なことを言うかねえ」

「いや、その、『僕の』のかわりに別の名前が入るだろうな」

「なるほど、成瀬、そうなっても落ち込むなよ」響野は真顔でそう言ってから、「それにしても、おまえが言うようにこれで片が付くのか？」と唇を歪める。「カジノから盗んできて、それを使うだけで」

「うまくいくことを祈るしかない。明日からもこの日常が続くように」

「日常か」

「ああ。個人の日常が続くことは何よりも大事だ」

「成瀬、おまえはいつも落ち着いているがな、本当に全部が予定通りに行くとは限らないからな。念には念を入れて、保険を考えておかないとな」

「最後の保険は、あれだ」

「何だ」

「あのカジノグループが記念に取っているという」

「スポーツくじか！」先日、あのマンションで大桑という男が言っていたのを思い出し、響野は指を鳴らすような気分になる。

「あれも久遠が取ってくることになっている。たぶん、さほど苦労はないだろう。額に入れて飾ってるんだからな」

「スポーツくじを換金するのか？」

「どう使うかはまた考えるが、最悪の場合は、その金でどうにかできるだろう」

「スポーツくじが最後の手段か」

「そうだ」

「大事に持ち帰ってもらわないとな」

そこからしばらく成瀬は、響野の店のテーブルに座り、本を読んでいた。地方自治体のあり方に関するさほど面白くはない内容で、響野からは二十分に一度ほどの割合で、「市長選にでも出るつもりか」と言われた。

久遠から電話があったのは、予定通りの十一時前だ。「これからマンションに入るよ」と言い、すぐに切れる。

そろそろだ、と成瀬は立ち上がる。

「おい成瀬、私が一緒に行かなくても大丈夫か？」響野が言ってくる。

「おまえは店にいたほうがいいだろう」

「こういう大事な時にかぎって祥子が出かけているんだよな。あいつが帰ってきたら、すぐに私も向かう。私は必ず行くから、それまでは不安でもどうにか乗り切ってくれ」

「無理して来なくてもいいからな。焦《あせ》る必要はない」

「そんなことを言ってられるか？　なるべく早く、合流する」

「頼むから」成瀬は言う。「無理しないでくれ」

＝　久遠　Ⅵ　＝

じゅーよう【需要】①もとめること。いりよう。「人々の―に応じる」ない場合は作り出すしかない。②家計・企業などの経済主体が市場において購入しようとする欲求。購買力に裏づけられたものをいう。⇕供給。

マンションに入ると管理人室から男が出てきた。「このたびは、連絡ありがとうございます」と久遠が頭を下げると横にいる女性が打ち合わせ通りに、「先日はありがとうございました」と続けた。「チラシを貼ってくださったんですね」

「ああ、この間、ポストに入れようとしていた人か」と四角い顔の管理人が、顔見知りの人物に出会ったような喜びを浮かべた。「言ってもらっていた通り、掲示板に貼っておいたんだがね、まさか本当にクモが出るとは思わなかった」

「良かったです」彼女は爽やかに返事をする。

「意外にそうなんですよ。うちの会社がチラシを配ると、害虫が見つかることが多いんです」久遠が言うと、間髪入れず《かんはつい》に管理人が、「あんたたちがチラシと一緒に虫を置いて行ってるんじゃないだろうな」と返してきた。

ばれました？　と答えそうになるが管理人はあくまでも気の利いた冗談を口にしただけのようだった。

実際には、前回、久遠がこのマンションカジノに来た時に、種を蒔《ま》いてきたのだ。正確にいえばそれは、クモの卵嚢《らんのう》だ。

「卵嚢って何ですか？　卵と違うんですか？」

スタッフの制服を着た彼女はエレベーターの前で久遠に小声で言う。

「卵がたくさん入ってる袋だよ。クモは二齢《にれい》幼虫まではそこで育つんだ。あ、二齢というのは脱皮を」

「いいです、虫の話、そんなに好きじゃないので。とにかくそれを置いてきてるんですね」

「あのさ、クモのバルーニングって知ってる？　種類にもよるんだけど、卵嚢から出てきた子グモ君たちは最初、固まって生活しているんだけどね」

「生活、って何か人間みたいですね」

「動物にも虫にも生活はあるんだよ」

そこでエレベーターが到着し、開く。久遠はヘルメットを被り、それから口にマスクをする。

「あ。あ。あいうえお。どう？」久遠は発声練習をするように言う。

「声、ずいぶん変わりました。すごいですね。そのマスク、市販品なんですか？」

「まあ、あんまり喋らないに越したことはないだろうね」前回来た客だとばれるとまずい。

中に入り、二十五階のボタンを押した。

「でね、子グモたちは固まって過ごしている期間が終わると、独り立ちするんだ。葉っぱの上でお腹《なか》を上にして糸を出す。逆立ちじゃないけど、そんな感じで。糸が風で上昇したところでぱっと手を離して、飛んでいくんだ。それがバルーニング。風任せで、気儘な一人旅。不安と自由のまざった冒険だ」

「クモのあれって手と呼んでいいんですか？　脚じゃないんですか？」

「どっちでもいいよ」久遠は笑う。

「訊いていいですか」

「どうぞ」響野から聞いてはいたが、この女性は頭の回転が速い、と感心する。やり取りに余計な手間がいらず、楽だった。もしこのトラブルが無事に解決したら、この女性を響野さんのかわりに仲間に入れたほうがいいんじゃないかな、と半ば本気で思う。

エレベーターが上昇する、空気が蒸発していくような感覚が体を包んだ。

「どうやって、クモをセットしてきたんですか」

「セットというほど恰好いいものじゃないけど。この間、彼らの部屋に入った時にその卵嚢を置いてきたんだ。トイレの隅に。幼虫が中から出てくるタイミングのを」

「そんなに簡単にできるものなんですか」

「成長した子グモ君たちが頑張ってくれたんだ」

「毒グモと言っても、それほど危なくないんですよね」

「危ないことは危ないよ。昔は日本に猛毒のクモなんていなかったのに。神経毒だから、人によってはまずい」

「大丈夫なんですかね？」彼女はエレベーターの階数表示を見上げるようにしていた。

「その毒ですでに誰かがやられちゃってる、なんてことはありませんか」

「それはないよ」いくら相手が違法カジノグループの人間とはいえ、毒でやられてもいい、とは思えなかった。「僕が置いてきたのはセアカゴケグモではないから。それに似た形の」

「偽物？」

「偽物と呼ばれたらクモも不本意だろうけど」久遠が肩をすくめると女性はすぐに、「ごめんなさい」と謝った。「クモは寛大だから、謝らなくてもいいかも。マダラヒメグモというやつで、これは別に背中は赤くないんだけれど、形は似ているから」

「赤くなかったら、ばれちゃうんじゃ」

「この間、配ってもらったチラシには、マダラヒメグモの写真を、セアカゴケグモのオスって書いて、載せておいたから、それを見て信じてくれたのかもしれない」

トイレ内の棚、トイレットペーパーのストックの奥に隠しておいたから、クモの卵嚢自体はすぐには見つからなかっただろう。気づいた時には、散らされたクモの子よろしくあちらこちらに分散していたに違いない。最初に見つけたスタッフは、「何だクモか」といった程度の反応だったかもしれないが、それが一匹どころか大量にいると分かれば、さすがに気になるだろう。マンションの管理人室に電話をし、すると管理人は、「グッドタイミング！」と叫んだかどうかは分からぬが、クモ駆除のチラシを指し示したはずだ。写真を見た者は、「まさにこのクモだぞ」と指名手配犯、おたずね者を発見した喜びに高揚したのではないか。

その結果、久遠たちが呼ばれることになったわけだ。

エレベーターが開くとすぐに、カジノグループの番人役が寄ってくる。

久遠たちは制服を着た上、マスク姿で、それらしいグッズを持っているためさほど疑う様子もなかったが、ボディチェックはされた。「ずいぶん重装備だこと」と久遠の頭を指差す。

「虫によっては、頭を狙ってくるので」と答え、ヘルメットを指で叩いた。

「殺虫剤を散布することになります」女性は取り決めの台詞を口にする。「みなさんは部屋の外に出てもらってよろしいですか？」

「事前にそう言われたから、もう退却《たいきやく》している」男は無表情ながら言った。

「賢明です」女性がそれらしく、うなずく。「みなさん、どこにいるんですか」

「その情報、必要？」男の問いかけが鋭かったため、女性も一瞬言葉に詰まる。

「何かあった時に、責任者の方に確認することもあるので念のため」久遠が助け船を出す。

「ああなるほどね。向かいのスポーツバーにいるから大丈夫だよ」

昼間からバーが開いているのか？　疑問は過《よぎ》るが、もしかするとここにいる彼らが経営している店舗なのかもしれないと思う。成瀬の話では、ここのカジノグループはあちらこちらに店舗を持っているらしかった。

「ということは、この部屋の中には一人もいませんか？」まさかね、と期待を隠しながら久遠は質問した。誰もいなければ、部屋から物を奪うのは楽に済む。「だったらいいな」と呟きそうになった。

「一人残ってる。さすがに無人にはできない。別におたくたちを怪しんでいるわけじゃなくてもな」

「ですよね」相手は言って、久遠たちを部屋のほうへ案内する。

室内に一人残っているというスタッフが、前回トイレまで案内してくれた男でなければいいと久遠は思った。なぜなら、あの男は虫に詳しそうだったからだ。毒グモなのかどうか、そのあたりを細かく確認してくる可能性もある。

ドアが開けられる。カジノのスタッフが顔を見せた。「どうぞ。ご苦労様」と丁寧で腰の低い言い方だった。この間はどうも、と久遠は言いそうになる。

案の定というべきか、一人で残っている男は、先日の虫談義に付きあってくれた男だった。が、久遠に気づいた様子はない。

捏造《ねつぞう》した身分証をそれらしく見せ、久遠たちは部屋の中に入る。

「重装備だ」先ほどの男と同じように、ヘルメットを指差される。

「天井から虫が落ちてくる場合もあるので」

「クモ、出たんですね」久遠の横から女性が言う。彼女は自分の役割をきっちりとこなすことに専念し、迷いがない。

「そうなんですよ」男にはさほど困った様子はなかった。

久遠たちは室内に上がる。

「広いですね」

「どこからどうすれば」

「殺虫剤を仕掛けますので、しばらく外に出てもらえますか?」

「それは無理」即答だった。怒るでもなく、手を左右に振る。「ちゃんと立ち会わないと俺が怒られる」

「ですね」女性が合わせる。

まずは現場検証を、とばかりに久遠は部屋をいくつか見て回った。男が、「はじめはここに一匹いたらしい」と廊下の隅を指差す。

久遠が目をやる。今はいない。視線を上にやると廊下の天井あたりに目的のものを見つけた。「ああ、あそこに巣がありますね」と指差す。

白い糸で編みかけの、作りかけの巣があった。男は特に関心がなさそうだった。

久遠は廊下を進み、トイレを調べる。真っ先に目的の場所を見ると怪しまれるのではないかと細かいことが気にかかり、便器の周辺を眺めた後で背伸びをし、棚に目をやる。卵嚢の残骸《ざんがい》めいたものがないか。目を凝らすが見つからない。ここで、「ここに卵がありましたね」と言ってしまうと、男に、「トイレといえば、先日、虫の話をした男が入ったな」と久遠のことを想起するきっかけを与える可能性もある。

余計なことは言わないほうが吉だろう。

「あ、ここに」廊下から声がするため、外に出れば、男が床を指差している。確かに、マダラヒメグモがいた。女性が、久遠を縋るような目で振り返る。虫は苦手なのかもしれない。業者のふりをしつつも、腰は明らかに引けている。

「ああ、すみません、これ」と男が立ち上がった。「セアカゴケグモじゃないかも」

やっぱりばれたか、と久遠は心で舌打ちし、即座に持っていたスプレーを近づけ、相手の疑惑もろとも吹き飛ばすつもりで噴射する。急なことに男はのけぞり、むっとしながら目を剝いてこちらを見た。

「あ、死なないですね」久遠は言う。「もしかすると、まずいかもしれない」

「まずい?」男は振り返る。目が合うと、ばれてしまいそうで焦るが、そこで視線を逸らすのも怪しい。

久遠は腰を屈め、クモに顔を近づける。それから取り出した小型スプレーを吹きかけた。クモはそそくさと逃げ出したが、久遠は振り返ると、女性と向き合い、意味ありげにうなずく。

「何か」男が少し不安げに訊ねてきた。

思惑《おもわく》通りの反応だった。「耐性がある種類かもしれない」と久遠は言う。

「耐性?　だとすると」

「かなり厄介。すみません、少し離れてくれますか。スプレーを替えます」女性が医療用マスクを取り出し、男に渡す。それを口につけさせたうえで、後ろに下がれと指示する。

「いや、それもしかするとセアカゴケグモじゃなくて」

「すみません、離れていてください。強い消毒をします」あとは有無を言わせず、作業をはじめる。

「いいか、人間というのはな、目の前で作業を堂々とはじめられたら、ちょっと待ってくださいとは言いにくいものだ」響野が言っていた。「しかも相手が制服を着た専門家であるなら、従うほかないだろう。防護服を着たNASAの職員が、『離れて！』と指示を出したら離れるに決まってる。キャビンアテンダントが、『アテンションプリーズ』と言えば注目する」

「それは少し違う話では」とその時の久遠は響野に反論したが、今こうして実践《じっせん》すると、害虫駆除業者のふりをした自分たちの、「離れて！」には効果があった。男は後ろに引っ込んでいく。

久遠が小さな器具を置き、スイッチを入れるとあたりにもくもくと煙が舞いはじめた。むろん殺虫効果はなく、久遠たちはおろかクモにとっても無害なのだがその煙幕《えんまく》に紛れ、廊下を先に行く。

指紋認証装置のついたドアがある。久遠はポケットから薄いビニールを摘んで、引っ張り出した。そっと認証装置に当てる。前回来た時の帰り間際《まぎわ》、「亀の写真を撮った」と白状した時、大桑にスマートフォンを使わせ、削除させた。彼の指紋を採取するためだった。その痕跡をもとに田中に頼み、認証装置に使うための指紋コピーを作ってもらっていた。

開錠し、中に入る。後ろから女性が続いてきたところで、煙が侵入してこないようにドアを閉める。時間はさほどない。

パソコンや防犯カメラのモニター、それから金庫があった。

モニターが接続している端末を見つける。USBポートがあることを確認すると、ほっとし、取り出したメモリースティックを差し込んだ。実行ファイルが起動され、ハードディスクの映像ファイルを削除してくれる手はずだ。「もしUSBが差せないようだったら、物理的に壊すしかない」と田中から指示されていたらしいが、そうならずに済んだ。破壊するのには時間がかかるため、できれば避けたい。

久遠は壁に近づき、取るべきものを取り、ポケットにしまった。その後で振り返ると女性が、自分の体より大きな金庫に向き合っている。

「それはいらない！」久遠は大きな声を出していた。

「え」

「金を持って帰ることが目的じゃないから」

「でも」

「分かるよ、せっかくなら金も奪っていきたい気持ちは。でも、僕たちは、指示されたことをするだけだからね」久遠があまりに感情的にはきはきと言ったため、女性は一瞬、びくっとした。それからこくっとうなずく。

「これをそこに差して」久遠はもう一つ取り出したUSBメモリーを女性に渡し、彼女の横にある端末のポートを指差した。

彼女が差し込み、「これは何のために?」と棒読みじみた言い方で訊ねてくる。

「顧客情報を消すんだ。そうすれば火尻さんが助かるから」久遠はそう言った後で、「行こう」と部屋のドアに向かう。

「え、これは持ち帰らないんですか」

削除するまでには時間がかかるため、待ってはいられなかった。

主な目的は、防犯カメラの映像、成瀬や響野たちがやってきた際の情報をすべて消すことだった。

廊下に出ると若干、弱まっているものの煙幕はまだ残っており、紛れるように久遠たちは移動する。

「どう」突然、煙の向こうからにゅっと現われた男に、久遠は驚くが冷静を装い、「別の部屋も念のため、噴射しておきます」と言い、カジノとして使用している部屋にも入る。女性がポシェットから何枚か布を取り出し、「殺虫剤がかかったら困る部分にはこれを被せてください。特製の防護シートです」と言う。そのほうがリアリティがある、という発想だ。

男は、亀の入った水槽をはじめ、いくつかの場所に黒い布を、それは単なる洗車時のふき取りタオルに過ぎなかったのだが、置いた。

「それでは部屋から出ていてください」と男に指示する。

それらしく煙を噴射した後、防護シートを回収しながら後片付けをし、玄関へ向かう。

男に向き合うと、「これでしばらく様子を見てください。クモはおそらく出てこないかと」とアフターサービスについて書かれたチラシを手渡した。

玄関に出て、エレベーターに向かうと来た時と同様に、番人役、ボディチェック係の男が寄ってきて、荷物の中や制服のポケットを探られる。

エレベーター前に来た時、任務を終えた安堵から息を吐いたが、そこで後ろから靴音が近づいてきたため、背筋が伸びる。鋭く振り返ってしまう。何事かと思えば、室内にいたはずの男が立っている。

「何か？」喉から顔を出しかけている狼狽《ろうばい》を、奥へ奥へと押し込む。

ばれたか、とまさに肝《きも》が冷える感覚に襲われた。

「煙、まだ残っているけれど、マスクはまだしていたほうがいいのかな」

「そろそろ大丈夫です」女性が答える。

＝雪子 Ⅵ＝

うしおいうしにおわれる【牛追い牛に追われる】主客が転倒する。本末が逆になる。誰かを陥《おとしい》れるためのプランで、自らが追い詰められる。


久遠と女性がマンションから出てくるのが、バックミラーに映った。雪子はキーを回し、車にエンジンをかける。このために用意してきたヴァンだ。車体には害虫駆除業者の名前がペイントされていた。

動物のように、車は脈動している。いつものことながら、暴れ馬を操る気分になった。

スライドドアを開け、久遠たちが入ってくる。害虫駆除用の器具とバッグを乱暴に置いた。

「おつかれさま」と声をかける。

久遠はマスクを外し、「とりあえず、やらなくちゃいけないことはやってきたよ」と嬉しそうに言う。

女性のほうも制服を脱ぎ、自分の持ってきた服に着替えはじめている。

「時間はどう？　予定通り？」と訊ねてきた。

「ほぼぴったり」雪子は答える。「これから目的の店に行けば、ちょうど十三時。出発しても大丈夫な状態になったら、言って」

「もう大丈夫。出発していいよ」と言いながらバックミラーに映る久遠がヘルメットを脱いだ。その頭を見て、「いや、まだ無理でしょ」と言わずにいられない。「車を飛ばすかもしれないから、ちゃんと全部片づけてから。その子もちゃんとしてあげて」

「ああ、そうだね」久遠は軽やかに返事をする。教師の言葉に表面だけ元気に答える小学生のようだ。

窓ガラスが叩かれるまで、そこに人がいることに気づかなかった。はっとし、右に目をやる。後部座席の女性が素早く、間仕切りのカーテンを閉めた。そうすることで目隠しになる。

　窓を開けると立っているのは、黒スーツの若い男だった。表情は冷たい。ホストのような軽薄さよりも、厳しい戒律《かいりつ》を守る修行僧じみた峻嶮《しゅんけん》さが滲んでいる。「ええと、一つ訊きたいんだけれど」

「何ですか?」雪子にはすでにそれが、マンションのカジノグループの一員だと分かった。ギアの位置とハンドブレーキの状態をそっと確認する。

「そちらに害虫駆除をお願いする場合は、電話をすればいいのかな」車に書かれた宣伝を指差すようにしながら言ってくる。

「そうですね。電話番号、書いてありますからそこに」もちろん実在の会社ではないが、常に通話中となる電話番号が記されている。

「ネットでは出てこないみたいだけれど」男はスマートフォンをこれ見よがしにいじくって見せる。

「ホームページとかないので」

「いまどき?」

「いまどきは反対にそのほうが目立つんですよ」雪子は自分で言っておきながら、説得力のなさに顔を歪めそうになる。

もちろん男は納得した様子はなく、「さっきあのマンションで仕事されたよね？」と質問を重ねる。

「ですね。依頼があって」

「何を盗んだ？」

雪子は唇を閉じ、ちらっと視線を斜め上に振り、男の表情を確かめる。むすっとしているのは先ほどと変わらないが、矢で射《い》るかのような鋭い言葉だった。

「盗む？ どういうことですか」

「防犯カメラのデータが壊れていた。証拠を残さないためだろ。USBメモリーも差さっていた。あれで細工したんじゃないのか」

「意味がちょっと」すべて鋭く当ててきたものだ、と雪子は感心した。

「実は今日、事前に電話があった。通報というか密告というか、忠告か」

「それ、わたしに関係ある話？」

「害虫駆除業者には悪質なのもいるから、警戒していたほうがいい、と。特に、今日、おたくに行く業者は怪しい、一通り作業をさせた後で、調べてみろ、とな。念のため、こっちはすぐそこのバーに待機していたんだ」

「用心深く」

「用心世代、と呼ばれたいくらいに」

「匿名《とくめい》の忠告を信じた、と」

「まあ、念のため、黒にもベットするようなものだよ。コインは複数に置いたほうが、負けない」

「警戒するに越したことはないから」

「とりあえず車のエンジンを切って、降りてほしい」男は言った。あっさりとした口ぶりではあったが、歯向かえない力が感じられた。さらには手に拳銃があった。

雪子は、はあ、と息を吐いて、「分かった」と従順に動くふりを見せた上で従わなかった。その場で、ハンドブレーキを下げ、車を急発進させたのだ。

「はい、スタート」

雪子はハンドルを握り、後ろにいる久遠たちに呼びかける。間仕切りカーテンが開かれる。「ばれたみたいだね」と久遠が言ってくる。

「ばっちり」雪子はアクセルを踏み込みながら、サイドミラーに映る後方を確認する。追ってくる車が映っていた。先ほどの男同様、無表情でまばたきもしない顔つきの車だ。

「ばっちり、ばれた」

黒いその車は速度を上げ、距離を詰めてくる。雪子は車線変更をし、交差点で左折する。地図は頭の中に入っていた。信号のタイミングを計算する。

「どう？　逃げ切れそう？」久遠が声をかけてきた。

「よっぽどのことがなければ」

ハンドルを切り、交差点を曲がる。アクセルを踏み込み、青に変わったばかりの信号の下を通り過ぎた。

行き先は、成瀬がいる店だった。記憶している経路に沿《そ》って、進む。

「あ、成瀬さんから電話」久遠は言うが早いか、電話に出ていた。「今、ちょうど向かっているところ。道はそんなに混んでいないから。ええと、雪子さん、あと」

「千三百秒くらい」

「それって、何分？　あ、千三百秒だって」久遠は電話を切った。

町の光景が、看板や街路樹が次々と後ろに流れていく。「ええと、あなたはそろそろ降りたほうがいいかも」と後ろの女性に言う。黙っていられると、乗っていることを忘れそうになる。

「そうですね」

ここから先は、雪子や久遠の仕事だった。どう展開していくかははっきりしておらず、トラブルが起き、彼女を巻き込んでしまってはまずい。これは事前の取り決め通りだった。

車線の多い直線道路で素早く路肩に寄せ、車を停める。「お疲れさま。本当に助かったよ」と久遠が礼を言い、スライドドアを開ける。そこから女性が降りていく。振り返ることもなく、素早くその場を去る動きを見ても、彼女が有能なのは分かった。やるべきことを的確にこなしてくれる。

雪子は車を発進させていた。車線を一つ右に移動したところで久遠がドアを閉め終える。

「後ろの車、いなくなったね」振り返った後で久遠が言った。「振り切っちゃったかな」

「そんなに距離が開いていなかったはずだから、たぶん、別の道に回ったのかも。こっちにばれないように襲い掛かってくるつもりなんだと」先ほどまでの車間距離と、道路事情を考えると車が見えなくなるのは不自然で、となればどこかで曲がり、先回りを試みているのではないか。

「こっちに座っておくね」久遠が後部座席から洞窟《どうくつ》をくぐるような恰好で助手席までやってきた。

小さい交差点を二つ抜ける。

「ベルト」雪子が言い、ハンドルを切った。

久遠が体勢を崩し、「危ない危ない」と呟きながらシートベルトを装着する。

少し走ると次の交差点が見えた。計算通りに信号が青だ。が、右方向からかなりの速さで近づいてくる黒い車がいる。滑るように、すっと姿を現わす。

「やっぱり来た」「どうやって回ってきたんだろう」

「また会えて良かったけれど」

信号はこちら方向が青だが、あちらは信号無視をし、こちらを追ってくると予想できた。速度を落とす気配がまったくなかったからだ。

雪子はスピードを上げる。

案の定、後方の黒い車はブレーキ音を道路にこすり付け、大きく広がるカーブを描きながら、雪子たちの後方についてきた。

あとは予定通りのルートを雪子はひたすら走る。左折、右折と道を曲がり、速度を上げたかと思えば急ブレーキを踏み、小道に入る。

「後ろ、もうついてこないかもよ」久遠が振り返りながら、言う。

「ぎりぎりついてきているはず」

「あ、本当だ」

肉食動物が、獲物の尻尾を見て、興奮しながらも息をひそめ、追いかけてくるかのようだった。気配もなく、つま先立ちで近づいてくる。

「車にはミラーがあるからいいけど」

「え、雪子さん、どういう意味？」

「動物は、後ろから来られても気づかないだろうな、と思って。追われている時に、ついてくる敵の位置が分からないから大変」

「トムソンガゼルの群れに、営業しようか。サイドミラーいらないか、後ろから追われた時に便利ですよ、って」

大通りを、信号が切り替わる直前に通過した。少しして車の速度を落とす。直線道路で、信号はまだ先だった。目的地からも遠く、「あれ、どうしたの」と久遠が訊ねてきた。

「時間調整。ここで九十五秒停まっているとちょうどいい具合に」この後の経路を順調に進むことができる。車を路肩に寄せ、ハザードランプをつけ、停車した。「後ろの信号はしばらく変わらないから、すぐには追いつかないはず」

エンジンは切らず、雪子は体の時間の進みをカウントする。

「あ、ちょっと雪子さん、降りるね」と久遠が言ったのは、二十二秒が経った時だった。

え、と驚き、引き留めようとした時にはすでに久遠は車から降り、歩道を進んで行ってしまう。こちらの予定を無視し、勝手に動かれてしまっては困る。慌てて雪子もシートベルトを外し、運転席から外に出た。

「何してるの。時間、遅れたら困るんだから」声をかけるが、久遠はすたすたと進んでいってしまう。トイレにでも行くのかと思ったところで、立ち止まり、いったいどうしたのかと訝れば、また進み、歩道の端に立つ人のところで足を止めた。

「あと三十一秒」雪子は、久遠に近づきながら言う。

「あ、ごめん、今」久遠は首だけで振り返った後で、自分の前に立つ人たちを指差した。

「この人たちが目に入ったから」

誰？　箱を持った女性とその子供らしき少年がいる。「募金？」

「うちの娘の手術に費用が必要なんです」と女性はおどおどしながら話した。渡してきたチラシには、その娘の病状や海外で手術する必要性が書かれている。「もしよろしければ」

「お姉ちゃん、病気なのに、お金ぜんぜん集まっていないんだ」まだ幼稚園児ほどの少年は、おそらく手術を必要としている少女の弟なのだろうか、無邪気に言った。「変なおじさんに騙されたし」

「騙されたわけではないでしょ」と母親が宥《なだ》めるように言った。顔は青白く、明らかに疲《ひ》弊《へい》している。

「十三秒」

「ここで会ったのは何かの縁だろうから、これあげるよ」久遠はポケットに手を入れると中から紙を取り出し、募金箱に入れた。紙幣には見えなかった。

「七秒。何それ」

「サッカーくじ。もし当たってたら、遠慮なく使って」

きょとんとしている相手を残し、久遠は、「じゃあ行こうか」と言う。

すでに予定の時間は過ぎていた。運転席に乗り、久遠が入ってくるのを待つと、アクセルを踏む。

「時間通り？」

「少しずれたけど」まあ、どうにかできる、と思った。

バックミラーを見れば黒い車が差を詰めていた。

引き離すためにアクセルを踏み込む。

「店の向かい側に着けたら」

「降りるよ」

信号を越えると車線が三つに増えた。

一番右の車線に入り、速度を上げる。後ろの車もついてくるのが分かる。

前方交差点の信号は赤だったが、右折用矢印信号が点灯している。右折だけはできる。

速度を調整しつつ、交差点に進入し、ハンドルを右に切る。後ろの車も右折車線で追走してきた。

矢印信号が消える。左右方向の信号が青になった。迷うことなく雪子はアクセルを強く踏み、直線方向へ走り抜けた。

後ろの車は、右折するつもりでいたはずだから、急にハンドルを戻し、直進しようとするにもすぐには無理だった。曲がりきれない上に、他の車の邪魔になり、しばらくは身動きがとれないはずだ。

交差点でクラクションが鳴っているのが、背中から聞こえてくる。黒い車が道塞《ふさ》ぎとなっているのだ。

雪子は車の速度を落とすと左側へ寄せ、停車した。

「どうするか、分かってる?」

「うん、完璧」久遠の言い方が条件反射的な、浅薄なものに感じられ、雪子は心配になる。

「わたしがもう少し、後ろの車、引き連れて時間稼ぐから」

「僕はぶらぶらしている」

「あと七百秒したら店の前をうろついて」

「で、あいつらに捕まる。だよね？」

「その通り」

＝ 成瀬 Ⅸ ＝

かけ―ひき【駆け引き・駆引き】①交渉・談判や試合などで相手の出方や状況に応じて、自分に有利なように事を運ぶこと。また、その術。「―がうまい」「恋の―」②戦場で、臨機応変に兵を進退させること。

「どうして、ここに？」成瀬は四人掛けテーブルの向かい側、火尻の隣に座っている宝島沙耶に言った。

「だって、今日、約束を果たしてもらえなかったら、彼女にも影響があるだろ」火尻は嬉しそうで、すでにランチメニューに手をつけ、優雅にスープに口をつけた。

「わたしのほうからお願いしたの。その場に同席させてくれって」

「わたしからお願いしたの、なんて言われるとぞくぞくするね。宝島沙耶にねだられるとは」火尻は言うが、それは本心というよりも、品のない言葉をぶつけることで相手を不快にさせることが目的に感じられた。

「仕事は？」

「そこはどうにか都合をつけて」彼女が言うのを火尻がすぐに遮《さえぎ》る。「最近、干され気味だからね、実は暇なんじゃないのかな」

「そんなことはありません」彼女がムキになり、反論する。「こう見えて、おかげさまで忙しいの」仕事の合間を縫って、やってきたのだ、と主張した。だから、来られる場所が限られたのだ、とも説明している。

「で、成瀬さん、どうなの。うまくいったのかい」

「これからだ」

「これから？」

「あのマンションから奪った情報を持ってくる手はずになっている」

「顧客情報？」店内にはほかに客がいなかったが、火尻は声を落とした。「本当にそれでどうにかなるのか」

「なる」成瀬は答えた後で、「どうにかする」と力強く言い直す。

火尻は、身を粉《こ》にして働く家臣を見るかのようにご満悦《まんえつ》の表情となり、「そうだな、どうにかしないと自分が困るからな」とうなずく。

「記事は本当に載せないんだろうな」

「ちゃんとやるべきことをやってくれれば」

「これ以上、俺たちには関わらないんだな」

「もちろんだ」

残念ながら、火尻は嘘をついている。成瀬には分かる。今後は関わらないつもりではいるのだろうが、いつかまた必要があれば利用したい、とは考えているはずだ。言葉の端々に、嘘の匂いがふんだんに溢れていた。

料理が運ばれてきた。成瀬が不審そうな顔をしたからか、火尻が、「注文はしておいたから、食っておいたほうがいい」とフォークで指してくる。「記事が出たら、しばらく食事が喉を通らなくなるからな」

「そういうものか」

「鬱《うつ》状態になると食欲がなくなることが多いんだと」

「他人を鬱状態にするプロが言うと説得力があるな」

「鬱になる奴は、心が弱いだけだ」

「鬱と心の強さは関係ない」

馬鹿にされていると思ったのか火尻は、はん、と鼻息を荒くする。宝島沙耶は何も言わず、下を向き、ただ出された食事にぽつりぽつりと手をつけているだけだった。

そこからはしばらく火尻が自分の手がけてきた記事の自慢話、つまりその裏には記事によって人生を台無しにされた人間が少なからず存在しているのだが、その話をとうとうと語ることになった。成瀬は時折、時間を確認した。

給仕がパンを運んできたあたりで火尻が、「あと、どれくらいかかる？　このランチのデザートを食べ終えるまでがリミットだからな」と言った。

「そんな約束は初耳だ」

「彼女だって次の仕事があるらしい。時間は有限だ」

「シェフに頼んで、作るのに時間がかかるデザートにしてもらってもいいかな」成瀬は言った後でスマートフォンを取り出し、かけることにした。相手はすぐに出た。「どこにいる？」

「今、ちょうど向かっているところ」久遠の声が弾んでいるのは、走行する車の中にいる振動のせいだろうと想像できた。

「時間はどれくらいかかりそうだ」

「道はそんなに混んでいないから。ええと、雪子さん、あと」と確認している。「千三百秒だって」

電話を切った後で成瀬は、「ここに向かっている。あと千三百秒というところらしい」と伝えた。

「秒数で言われるとはね」火尻が笑う。「二十分くらいってところか。間に合うか？」

宝島沙耶が口を開いたのは、それから少し経ってからだ。「反省したことはあるんですか？」と我慢しきれぬように洩らす。

「反省？」火尻はとぼけるでもなくはじめは訊き返した。「ああ」と言う。「反省ね。あんたたちは俺のことを、反省も後悔もない無神経で、千枚張りの面《つら》の皮、厚顔無恥《こうがんむち》だと思っているだろうがな、俺にだって反省はある」

「それは良かった」

「たとえば、俺の記事がもとで会社を辞めた奴の話を聞けば、もっとひどい目に遭わせてやれば良かったと反省する」火尻が笑う。「会社を辞めるに辞められない状況にして、生かさず殺さず、じわじわと苦しめるほうが楽しいからな」

宝島沙耶の顔面が引き攣るのが見て取れる。「それ、どこかの漫画の悪者の台詞？」

火尻は相手の神経を逆撫でする言い方をわざわざ選んでいるようだった。

「それで、俺のほうから話があるんだが」成瀬は口に入れた肉料理を飲み込んだ後で言う。

「取引できる立場じゃないぞ」

「分かってる。ただ、聞いてもらおうと思ったんだ」ポケットから封筒を出した。「この中に券が入っている。国内線の札幌《さっぽろ》行きだ」

「券？　航空券か」

成瀬はうなずき、封筒の中の紙切れをすっと引っ張る。

「それは何だ」

細かい数字が書いてある。「緯度と経度だ」

「何だそりゃ」

「北海道のある土地を指している。小さな村で、人口も少ない。典型的な過疎《かそ》地だが、そのぶん、空き家がある」

火尻は眉根を寄せ、不審そうに睨んでくる。「要点は何なんだ？」

「ひっそりと暮らすにはちょうどいい村なんだ」

「ああ、なるほど」火尻は合点《がてん》がいったというように、表情を緩めた。「さすが準備がいい」

「どういうこと?」宝島沙耶が首を傾げる。

「俺の記事の怖さを知っているというわけだ。もし、今のところに住めなくなったら、そこに逃げようとしているわけだ。それも一つの生き方だろう。いじめられたら、誰も知らない町へ行って、ひっそりと暮らす。びくびく怯えながら。ただ成瀬さん、現代社会はネットがあるから、人の噂も七十五日とはいかないんだ。噂は永遠に残る」

「人の興味はそれほど長続きしない。去年、話題になったニュースをいくつ覚えている? 覚えていたとしても、まっさきに出てくる感想は、『懐かしい、そんなこともあったね』だ」

「だが、恐怖は残りつづける。見えない追手が常にいるような気分になるわけだ」

「特定の誰かの恨みを買って、追いかけられるのでなければまだマシだ」

「そんなことを言っていられるうちが華《はな》だ」火尻は口を大きく開き、野菜を食べていく。

「それで、どうだい。そろそろその、何百秒かは経つのか?」

「でも本当に、これで解決するの?」宝島沙耶は、火尻に訊ねる。

「それはもう成瀬さんたち次第だからね。俺も正直なところ、顧客情報を持ってきて、それで万事解決するとは思えないんだが、お手並み拝見だよな」

「解決は今日じゃないと駄目か？」成瀬は言う。

「どういう意味だ」

「顧客情報は手に入れた。ここに持ってくる。ただ、そこから政治家を巻き込んでの交渉はすぐに終わるかどうか分からない」

「ここに来て、締切を延ばしてほしい、というわけか」

「締切は交渉次第で意外に延びる、と聞いたことがある」

「成瀬さん」火尻は大きく、たっぷりと幻滅と落胆を含んだ溜め息を吐いた。「そんなに甘いことが通用するとでも？」

「だが、常識的に考えて、今日の今日で、顧客を動かすのは現実的ではない」

「それならもっと早く、顧客情報を手に入れるべきだった。宿題が終わらないのは期日のせいじゃなく、やりはじめるのが遅かっただけだ」

もっともだ、と成瀬も納得する。「ただ早くには動けない事情もあった」

「どういう事情が」

「クモが育つのを待たなくちゃいけなかったからな」

「クモ？　何言ってんの成瀬さん」

「厳しいんだな」

「俺を誰だと思ってるんだ？　海千山千《うみせんやません》ばかり相手に、弱肉強食の世の中を生き残ってきた男だ。舐めてもらっては困る」

「だが、実際、借金でまいっているのは事実だ」

火尻は顔をしかめた後で、鼻の穴を膨らませる。「それも解決できる。成瀬さんたちにがんばってもらってな。手加減無用だろ。俺はどんな試練も乗り越える」

「今度、テレビで火尻さんの特集を組めばいい」成瀬が言うと、宝島沙耶がまた引き攣った笑みを浮かべた。

「さあ、まだか？　もう、成瀬さんが匙《さじ》を投げるなら、この話はご破算で、俺は記事を送る」

「そうなったら、借金問題はどうするんだ」

「別の道を考えるさ。実は昨日、あるアイドルのふしだらな動画が手に入ったからな、それを」

「どこかの雑誌にでも売るの？」宝島沙耶が言う。

「そっちに売っても大した金にはならん。どこも不景気だ。ただ、動画をばら撒《ま》かれたら困る人間は、必死になるだろうな」

「所属事務所か？」

「その子自身かその子の親だ。娘の人生がめちゃくちゃになるくらいなら、いくらでも払う、というのが親だろう?」

成瀬は不愉快になったが、一方で、「そっちから金がもらえるなら、俺たちをもう頼らなくていいじゃないか」と思い、それを口に出した。

火尻はまたしても馬鹿にする目つきをした。「何を甘いことを。約束が守れないなら、俺はやるよ。なぜか分かるか」

火尻が、小さくなった自分たちを摘み、蟻の群れの中に落とす姿を成瀬は想像する。

「人が嫌がることをするのが好きだからか」

「苦しむのは俺じゃないからだ」

テーブルの上の食器が片づけられる。水が注がれたが、成瀬は飲む気持ちになれなかった。

「で、そろそろ時間じゃないのか?」火尻は店の入り口に顎をしゃくる。「デザートが来るぞ」

「間に合うはずだ」成瀬は言う。「あと三つ数えるうちに来るだろう」

「三つ数える前に外へ飛び出した途端、撃たれるんじゃないだろうな」火尻は昔観た映画の内容を思い出すように言った後で、子供の悪戯に渋々付き合うように、「一」と数える。

じっくりと足を踏み出すような間をもち、「二」「三」と声に出す。

直後、テーブルが音を立てたため、火尻はもちろん成瀬もびくっとなってしまう。

いつの間にか給仕係が来ていて、皿を火尻の前に置いたのだった。「新鮮なうちにどうぞ」

「デザート前にまだ、あったのか。というかこれ、キノコか？　前菜じゃねえか」火尻は言うとフォークで刺す。「デザート前に前菜かよ。三つ数えたが、料理が来ただけだったな」とソースに絡め、口に入れる。

「いや、今」成瀬は言う。

ドアが開き、人が入ってきた。店は貸切のはずだから、一般の客が来店することはない。

「やっと着いたか」ふん、と鼻を鳴らして顔を上げた火尻だったが、入ってきた男たちを見た途端、表情を硬直させた。

高級そうな背広を着た黒い集団、大桑を先頭にしたカジノグループが入ってきたからだ。大桑を含め、五人が現われた。

「おいこれ、どういうことだ」火尻が、成瀬に嚙みつくように言う。

「分からない。久遠が来るはずだったんだが」成瀬は言い、電話を操作する。

そうこうしている間も、突然の展開に冷静さを失ったためか火尻は体を起こし、「これはこれは大桑さん」と不自然な挨拶をしている。「これはまた偶然だ」

「偶然ではないですよ」大桑は目つき同様、口調も鋭く、それはマンションで会った時のものとはだいぶ違った。

火尻もすぐにその刺々《とげとげ》しさを察したのか、愛想笑いを浮かべ、「いやあ、どういうことなのかな」としどろもどろに言う。成瀬に顔を近づけ、「おい、何か企んだのか？」と凄んだ。

「まさか」成瀬は答える。

が、火尻はさすが生き延びる道を見つけ出すことに慣れているからだろう、必死に頭を回転させた様子で、「実はちょうど良かった」と取り入るような声になった。「教えてあげようと思ったところだったんだ」

いったい何を言おうとしているのか、と不審がる表情を成瀬は見せ、心配そうに火尻に目をやる。

「この男が、そっちのマンションから大事なものを盗んだはずだ」

大桑が近づいてくる。「その通り。だから追ってきたんですよ。そうしたら、ここに着いたわけです」

物言いは丁寧だが、腰は低くない。まっすぐ睨み付けるような態度だ。

「実は俺がここで、食い止めているんだ。こいつらを逃がさないようにな」

そうしている間も、背広の男たちが、はじめから段取りが決まっていたかのように成瀬たちのテーブルに寄ってきて、取り囲む。成瀬、火尻、宝島沙耶の間に一人ずつ、立つ。

「食い止めている？　何を言ってるんですか」大桑は首を傾げる。と同時に、火尻の横にいた男が、顔をテーブルに近づけた。皿を確かめるようにしている。

「ああ、今ちょうど食事を。美味しかったよ」火尻がびくつきながら答える。

大桑はそれには答えず、成瀬を見る。「この料理は」

「火尻さんが特別に頼んだものだ」

成瀬の言葉に、男たちが素早く動き、火尻の体を取り押さえるようにした。宝島沙耶が短い悲鳴を上げ、火尻も、「ひっ」と鳴くような声を発した。「おい、いったい何がどうなってるんだ。話せば」

大桑は横にいる男に、「厨房に行って、捕まえてこい」と小声で命じる。

「捕まえる？　誰を？」火尻はテーブルにほとんど押し付けられる恰好で、抱えられている中、騒いでいた。

宝島沙耶が狼狽しているのが見え、成瀬は目で、落ち着くようにと訴える。ここは大人しくしているほかない。

厨房から戻ってきた男が、大桑のところに駆け寄ってくる。すると事務的な報告をするかのように、「料理人は死んでます」と恐ろしいことを口にした。

宝島沙耶がぎょっとし、成瀬を見つめてくる。

火尻は、「死んでる？　誰が。どういうことだ」と体を振った。

「どうして死んでるんだ？」大桑は冷たい口調で、横にいる男に訊ねる。

「分かりません」

ちっ、と大桑は舌打ちをした。「運のいいやつだな」

「運がいい？　死んだ奴が？　死んだのに？　どういうことだ」火尻はうろたえている。

「もし生きていたら、我々がひどい目に遭わせたからですよ」

「料理人がどうしてひどい目に遭わなくちゃいけない」

「理由は、火尻さんがよく分かっていますよね」

「え」火尻は前を向き、成瀬を見た。

成瀬は肩をすくめることしかできない。

そして大桑がテーブルのまわりをぐるりと移動し、火尻の横までやってきた。先ほど火尻が口に入れた料理の皿を見下ろす。「美味かったですか？」

火尻はきょとんとしている。急に料理の感想を訊かれたのだから当然だろう。「歯ごたえがあって、なかなか」

直後、大桑が、火尻の後頭部を思い切り殴った。電光石火、腕の動きが見えないほどの素早さだ。火尻は顔面をテーブルに打ち付ける形になった。

大桑が言う。「火尻さんは本当にすごい人ですね。ゆとり世代とはまったく違います。感心します」

「何のことだ」火尻が呻く。

「僕の亀を盗んで、料理に使うなんて」

「え」

「ゲテモノ食いなのは知っていましたけど、まさか僕の亀をね」大桑は息を吐く。「言ってませんでしたっけ。あれ、大事なおばあちゃんの形見だったんですよ」

‖　久遠　Ⅶ　‖

せき―にん【責任】①立場上当然負わなければ

ばならない任務や義務。「引率《いんそつ》者としての―がある」「―を果たす」②自分のした事の結果について責めを負うこと。特に、失敗や損失による責めを負うこと。「亀を食べた―をとる」③法律上の不利益または制裁を負わされること。

久遠が店の裏手で大桑たちに捕まったのは、とはいえそれは捕まることが目的だったのだが、五分ほど前だ。

いかにも店の裏側から出てきたという素振りで、彼らの車の横に姿を見せた。

いたぞ！　と車から飛び出してきた三人に、あっという間に囲まれた。「おまえ、何をしたんだ」とぐいぐいと詰め寄ってくる。

久遠はもちろん抵抗しなかった。

まさか追ってくるなんて、と慌てふためいてみせたが、もちろんそれは思惑通りだった。大桑たちに、「駆除業者を警戒しろ」と忠告の電話をしたのも自分たちだ。追わせて、この店まで連れてくるためだ。

久遠は怯えたふりをしながら、事前に取り決めていた通りの回答をした。つまり、自分はマンションからあるものを盗み、この店に持ってくるように命令されたに過ぎない、と。自分に命令してきたのは、ほかならぬ記者の火尻で、動機は、「借金のプレッシャーによる逆恨み」ではないか、と憶測で説明した。

「借金のプレッシャー？　こちらは厳しく取り立てていないつもりですが」大桑は無表情で言う。

「けれど、気に入らなかったのかもしれない。逆恨みって、そういうものだから」久遠は話す。「あの亀を食べて、うっぷんを晴らそうとしているみたいだ」

そこで大桑は無表情の、何事にも執着しない、まさに「ゆとり」の滲んでいた顔つきを、一瞬のことではあるが、豹変《ひょうへん》させた。「亀？」と久遠を睨む。瞼《まぶた》に牙があるのならば、それで嚙みついてくるかのような目の見開き方で、久遠は怯んだ。「それはうちの」

「マンションにいた亀」

気づいた時には久遠は胸ぐらをつかまれていた。華奢《きゃしゃ》に見えた体のどこに力が隠れていたのか、息ができないほど締め上げられる。久遠は体を揺すり、必死に両手で、大桑の手をつかみ、引き剝がそうとする。

躊躇《ちゅうちょ》なく、こちらを窒息《ちっそく》させようとしているのが分かる力強さだった。どうにか声が出そうだというところで、「僕は脅されただけなんだ」と言い訳を口にする。もちろん大桑は力を緩めない。だから、「さっきそこのレストランに届けたから、早く行かないと、食べられちゃうよ。捌いて、さっと茹《ゆ》でるらしいから」と必死に、かぼそい声ではあったが発した。

大桑の手の力がようやく少し弱まり、久遠はその機会を逃さなかった。体をぶるぶるっと揺り動かす。久遠が思い浮かべたのは濡れた体を振り、飛沫《しぶき》をとばす大型犬の姿だったが、拘束《こうそく》から逃れると地面を蹴り、すぐに走った。

追ってくる気配はあったが、今はレストランに向かうのが最優先だと思ったのだろう、来たとしても一人か二人、という足音だった。

久遠は角を折れ、ビルの裏手を通る。

細い車道に飛び出したところで、害虫駆除業者のペイントがされたヴァンが停車した。すぐに助手席側に回り、乗る。

「ぴったりだった」久遠が言うと、雪子は不本意そうに、「少しずれたかも」とこぼし、発進させる。「どう、うまくいきそう?」

「今頃、レストランの中で大騒ぎじゃないかな」

「怒ってた?」

「おばあちゃんの形見を食べられたら誰だって怒るよ」

車は大通りに入り、そこから右折を繰り返した後で、先ほど久遠が大桑たちと遭遇したあたりに戻ってきた。路上駐車をする。レストランの看板が見えた。

雪子は車のナビゲーションの液晶画面を切り替えた。「このくらいの距離なら受信できるはず」とボタンを細かく押した。

「映った」久遠は声を上げる。

店の中の様子が、無線で飛び、こちらの画面に表示されているのだ。カメラは成瀬の服、襟元《えりもと》に隠されているため、成瀬から見える光景と言ってよかった。

「これ、どこを映してるのかな」

「わたしが行った時の店の様子とは違うから」雪子が顔を遠ざけたり、近づけたりしながら映像を確認する。「たぶん厨房だと」

「なるほどね」展開は想像できた。店内で料理を見た大桑は激怒し、その激怒をどの程度、表に出すかどうかは分からぬが、とにかく火尻を締め上げただろう。もちろん火尻は訳が分からず、濡れ衣を晴らすために抗弁《こうべん》する。真相を確かめるために、大桑たちが料理人のところへ行く。成瀬や火尻も連れられ、厨房に集合、そういった場面なのだろう。

厨房の床に倒れる男が映っている。

「シェフだね、これは」雪子が言った。「自殺したわけ?」

「火尻に無理やり、持ち込んだ亀を料理しろ、と命令されて断れなかったことを苦にして、毒を飲んで自殺したんだ」

「というわけね」

「そうしないとほら、大桑は、火尻だけじゃなくて、料理をした男も同罪だ、と拉致《らち》監禁の末の暴力、暴力の末の殺害、みたいな真似もしかねないから。先に、自殺しておいたほうが」

「得策ね。そうなるとあとはもう、怒りは思う存分、火尻にぶつけてもらえる」

「このシェフって、ええと、例の牛山さんの婚約者だった人だっけ?」

「そうね。このレストランのシェフで」

彼がジビエ料理の店主だったことから、成瀬が考えた作戦だった。

映像の中では、火尻が必死の形相《ぎょうそう》で手を左右に振り、喚《わめ》いている。「俺がやるわけがない。どうして、俺が亀の肉を。というか、あれが亀だったのかどうか」

するとそこに背広の男がやってきて、「これを」と大桑に見せた。亀の甲羅だ。神聖なものを運ぶかのように、手のひらに載せている。大桑はそれを持つことなく、じっと見つめた。それから、手で目を拭《ぬぐ》いはじめる。

「いい人だなあ。亀のことであんなに泣くなんてさ」久遠は言う。

「あの甲羅、どうしたの？」

「もちろん別の亀のだよ。どこかで死んでしまった亀のを使ったんだ」

「田中さん経由？」

「何でも売ってくれるよね、あの人。その甲羅を加工して、そっくりにしてもらったんだ」久遠は言ってから、「そういえば、本物の亀君はどこ？」と後方を振り返る。

「さっき、自分で何か袋に入れてたんじゃないの」

久遠はバッグを引っ張り上げると、ファスナーを開き、中から亀を取り出した。「やあ、狭くてごめん」マンションで害虫駆除業者のふりをし、煙幕で目くらましをしている間に、水槽から奪ってきたものだった。頭に載せ、その上からヘルメットを被り、隠していた。「この甲羅、特徴あるからね」

「どうやってその甲羅の模様、田中さんに教えたの。ああ、久遠が前に行った時に写真を撮った？」

「写真は禁止と言われちゃったんだよ。だから、僕が記憶して、絵に描いた」

「記憶？　久遠って絵、上手いんだっけ？」

「動物は得意」

映像の中の火尻は、子供のように涙を流す大桑に恐れを抱いているのだろう、いても立ってもいられぬ様子でおろおろしていた。

そこで給仕係の男が前に出た。真剣な面持ちで、大桑に説明をはじめる。いかに、料理人が火尻に無理強いされたのか、苦しんでいたのか、という話を力説する。

「これは、誰だっけ」久遠はその男性について、雪子に訊ねる。牛山沙織の復讐をするために集まった一人のはずだ。

「ホテルの予約係だったかな。彼の恋人が牛山さんの元同僚で」

「みんな、協力的だ」

「必死だからね。ここで一矢報いておかないと」

火尻はそこで必死の形相で、「証拠がない！」と叫んだ。それがこちらにもよく聞こえる。「これは、こいつらが俺を陥れようとしているだけだ」とカメラ方向を指差した。成瀬の服にカメラがついているため、成瀬自身の表情は見えない。「証拠がないだろうに！」

「あるんだよね、これが」久遠は呟く。ふふ、と息が漏れる。

「どこで手に入れたの」

「あれは結構大変だったんだから。成瀬さんは簡単に指示を出してくるけどさ、僕は東京に行って、火尻さんと一緒に仕事をしている下請けライターを見つけて、スマートフォンを拝借したんだ」

「掏ったの?」

「一時的に借りただけだよ」それを使い、火尻に電話をかけ、記事がうまく書けない旨をああだこうだと相談したのだ。

映像の中で給仕役の男がICレコーダーを取り出した。ここに証拠があります、と言っている。何だそれは、と火尻は動揺し、大桑がそれを聞かせてほしい、と指示した。

録音されているのは、火尻との会話だった。本来は、久遠とのやり取りであったのを加工し、料理人とのやり取りに聞こえるようにしてあるはずだ。

「そんな可哀相なことはできません。そもそも、食材の持ち込みはお断りしているんです」料理人が必死に喋っているのが聞こえる。

そして火尻の声がレコーダーから飛び出し、響く。

「俺が持ってったネタを使えって。そうだろ? 俺の持ち込んだネタを料理すりゃいいんだよ!」

厨房がしんと静まり返っているのが伝わってくる。誰も身動きとれず、火尻は顔をこれきりというほどにしかめ、無言だった。少ししてからようやく、「いや、違う、これは」としどろもどろで言う。

さらに録音は続く。

「でもこの亀、弱っていますし。可哀相じゃないですか」

料理人の声の後、またしても火尻の台詞が流れる。

「弱ったまま、生き恥を晒すくらいなら、俺が息の根を止めることもあるだろうな」

あれ、この台詞どこで手に入れたんだろう？　久遠は首をひねるが、おそらく成瀬がどこかで録音していたに違いない。まったく抜かりない人だな。

「いやあ、火尻さん、ゲテモノ食うのが好きですからね。さすがですよ」大桑が、「行きましょうか、火尻さん」と呼びかける。

「どこに」火尻が怯えながら、おそらく自分でもその質問に意味がないと承知していたのだろうが、言った。

大桑はまだ涙を拭っており、少ししゃくり上げるかのようだった。「火尻さんを美味しい料理にしてくれる店を探しますよ」

その時、火尻が足がすくんだのかその場にしゃがんだ。

が、それが功を奏した。まわりの視界から火尻は一瞬、消えることができたのだ。生き残るための道を見つけた、とでも言わんばかりに、火尻はその場から逃げ出した。じたばたするクモのようなみっともなさではあったが、みなを振り払い、厨房から飛び出し、成瀬もその動きにはついていけないのが見て取れた。

「火尻さん、しぶとい」久遠は慌てる。「こっちに出てきたら捕まえなくちゃ」スライドドアを開けて、外に出た。が、火尻の姿は見えない。表から出たのだ。

‖ 響野 Ⅵ ‖

ち―こく【遅刻】決められた時刻に遅れること。「待ち合わせに―する」

すっかり来るのが遅くなってしまった。響野は急いでいた。

祥子がようやく店に戻り、外出できたのだが時間はぎりぎりで、渋滞の恐れのあるタクシーも使えず、電車で近くまでやってきた。そこからはひたすら小走りだった。

「あなたがいないほうが、うまく行くんだから、ここでのんびりしていたら？」と祥子は言ってきた。どういう意味でそのようなことを言っているのか、響野には理解できない。

目的地の場所を、スマートフォンの地図に表示しており、それを眺めながら進んでいるのだが、もともと方向感覚がないこともあり、逆方向に進んでいたのを引き返す、などずいぶん遠回りをした。

火尻との会合はどうなったのか。

私がいないと、解決するものも解決しない。響野はそういった使命感を抱き、もちろん客観的には誤った使命感であったのだが、急いだ。

牛山沙織の婚約者が店主をしているジビエ料理店に向かった。

成瀬たちが店を指示すれば、そこに罠《わな》でもあるのかと疑われる可能性があったため、宝島沙耶が火尻にその場所を指定したのだ。仕事の関係で、その店のあたりにしか行けない、と説明したはずだ。

大桑の大事にしている亀を食べさせる。

食べた、と大桑に思わせる。

そんなことが可能かどうか、響野は懐疑的だった。が、成瀬がやれると踏んでいるのであれば、できるのだろうとは考えていた。

あの男は大半のことをお見通しだ。

角を曲がったところで、店の看板が見え、そこで立ち止まる。息を切らせてみなの前に現われるよりは、悠々《ゆうゆう》とした登場のほうが自分には相応しいのではないか、と響野は思い、呼吸を整える。

さて、と店のドアへと足を進めた。「ロマンはどこだ」と口に出しかけたところ、ちょうどそこで中から男が飛び出してきた。

「危ないじゃないか！」響野は体を捻《ひね》りながら避けたため、ぶつからなかったが、男のほうは立ち止まることなく、ほとんど転びながら走っていく。

火尻だった。火尻がみっともないほどの、ばたばたとした走り方で去っていく。

成瀬、失敗したな。

私がいないと、ほらこれだ。

響野はすぐに、火尻のあとを追いかけた。歩道に人通りはほとんどない。ここで逃がしてなるものか。響野は地面を強く蹴る。

火尻は速そうな走り方をしていなかったが、必死さが体に力を与えているのか、距離が縮まらない。

交差点を左に曲がっていく火尻が見え、響野は慌てる。

細い道に逃げ込まれたら面倒だった。

まずい、まずい、と内心で唱える。

が、その時、どこからか小さな影が滑走してきたと思うと、火尻の足元に絡まり、そのせいだろう、火尻の身体がひっくり返った。歩道に体を打ち付けるほどの転び方だ。

何が起きたのかは把握できなかったが、とにもかくにも駆けつけ、火尻を取り押さえる。火尻の右足に、汚れた毛の犬が嚙みついていることにはそこでようやく気づいた。飛びかかってきた影はこれだったのか。がうがう、と唸りながら興奮し、しがみつき、離れない。

「ついてないな」響野は言いながら、火尻を引っ張り上げる。

喘《あえ》ぎながら火尻は依然として足にしがみついている犬を茫然《ぼうぜん》と見下ろしていた。大桑たちが追いついてきた。響野に気づき、おや、という顔をしたものの、それどころではないという様子で火尻を取り囲む。

「どこへ行くんですか、火尻さん」と大桑が声をかけた。

火尻は観念したわけではないだろうが、体の力が抜けきったかのようだ。男たちに抱えられ、引き摺られていく。

「なあ、ちょっと助けてくれ」と火尻は振り返り、響野に訴えた。響野のことを認識したというよりは、そこに人がいたから縋っただけにも見える。

「助けてくれ、と言われてもな」響野は頭を掻く。「ああ、そうだ」

呼び止められた形の大桑が、「何ですか？」と訊ねてくる。目が赤いことに気づく。泣いたわけでもあるまいし、と響野は思った。

「この火尻にもチャンスをやったらどうだろう」

「チャンスならずいぶんあげてきましたが」

「最後のチャンスだ」

「どういう」

「そうだな」響野は指を立てる。「ともだちテストはどうだ？」

「この人に友達がいると思いますか？」大桑は冷めた顔で答える。

「やるだけやってみたらどうだろうか」と響野は、やるまでもなく結果が分かっているにもかかわらず、言った。

もしうまくいかなかったら火尻さん、キノコ生えますよ、と大桑が冷たい声で呟く。

いっーき【逸機】適当な時機を逃してしまうこと。特にスポーツで、チャンスをのがすこと。

「一気に起こそうとした一揆《いっき》を―」

‖　久遠　Ⅷ　‖

「今日、あのジビエ料理店の男は来なかったのか？」響野が言った。「久々に会いたかったんだがな」

「お店が忙しいらしい。真面目に仕事をしている人間は、なかなか暇がない」

「それならどうして私に暇がある」

「なぜだろうね。不思議だね」久遠は感情を込めず、棒読みした。

「でも、あの人、実は死んでいなかったことが分かったら、大桑さんたちが怒らないの？」

雪子が、成瀬を見る。

みなでホテルのラウンジに集まっていた。火尻とのあれやこれやが終わり、一ヶ月近くが経っている。「みんなで話をするなら、響野さんのお店に集まればいいじゃないか。わざわざ、僕のホテルに来なくても」と慎一はぶつぶつ言っていたらしく、雪子は、「前向きに検討する」と答えたものの、結局、みなでラウンジに来た。

ロビーで働いている慎一が、みなの姿を見つけ、苦々しい顔をしたのが久遠は可笑しかった。

「大丈夫だ。大桑は、亀のために死のうとした店主に感激しているくらいだからな。結果的に、生き返っただけだと思っている」

「なるほど」

「でも、実際、あの人、よく薬を飲んだよね。いくら仮死状態になるだけといわれても、僕なら怖くて飲めないよ。市販薬でも副作用が怖いくらいなんだから」

「仮に何かあっても構わない、と思っていたそうだ」成瀬が言う。「火尻を追い詰められるなら、万が一のことがあっても悔いはないと言っていた」

それは、火尻に対する恨みというよりも、彼の、牛山沙織に対する想い、彼女を失ったことの苦しみの強さのあらわれに思えた。

これで彼をはじめ、みなの心が救われたわけではない。

しんみりしそうになるのを避けるために久遠は、「結局、成瀬さんが用意した航空券は使わなかったの？」と訊ねた。

「あ、あれか」

レストランでの展開次第では、札幌の小さな村に火尻を逃がした上で、大桑たちに追跡させるプランも用意してあったが、それも、火尻が走って逃げだしたことで不要になった。

「そういえば、これ見た？　今朝載っていたけど」

ハリウッドの大作映画に、宝島沙耶が出演するかもしれない、というニュースが書かれている。大御所《おおごしょ》監督が来日した際、テレビに出ていた彼女に興味を持ち、オーディションを持ちかけたのだという。

「なるほどな、これでいよいよ彼女はスターへの道を歩いていくわけか」

「あ、でも、分からないよ。辞めちゃうかもしれないし」と言ったのは雪子だった。

「辞めちゃう？　どういうこと」

「わたしがネイルサロンで喋っていた時にね、あの子、言ってたの。このためにアイドルで必死に頑張ってきたんです、って」

「このために？　ハリウッド映画に出るために？」

「違う違う。火尻に復讐するために。本当はもっと早く辞めるつもりだったんだけれど、牛山沙織の悲劇を知って、どうしても納得できなくて、あの記者に一矢報いるために有名になろうと思ったみたい。そうなれば火尻が近づいてくるんじゃないかって」

「そのためだけに頑張ったわけ？」

「そのためだけに」

「そうしたら本当に、火尻が寄ってきたわけか」

「驚きでしょ。ああいう仕事で有名になるのにはものすごい努力も必要だから、頑張ったかいがあった、というか」

「私好みじゃないか」響野が嬉しそうに、軽く手を叩いた。いったい何が好みなのか、と首をひねっていると、「そもそもその犯罪のために、その建物は作られていたのです！とかな、そういう話が好きなんだよ、私は」と得意気に言う。

理解しがたい、とばかりに成瀬が首を左右に振っており、気づけば久遠も同様の動きをしていた。

「そういえば、亀はどうなんだ。おまえが飼っているんだよな」

「可愛いよ。大桑さんには申し訳ないけど、その分、大事にしないとね。うちの水槽で元気に」

「久遠、おまえの家ってどこなんだ？」

「内緒だよ。でもとりあえず、無事に済んで良かった。シェフも生き返って、宝島さんにも迷惑がかからなかったし、亀も元気で」

「私も元気だ」

「それはどうでも。あとは迷子の犬も見つかったし。予想以上に狂暴だったけれど」久遠は言った後で、正面の成瀬が熱心にスポーツ新聞を読んでいることに気づく。難しい顔をしてどうしたのか、と訊ねた。

「いや、たぶん、職場に行ったら話題にされるだろうから」と顔をしかめる。「情報を得ておこうと思ってな」

「職場？」

「俺が、彼女のファンだということをみなが知っていて、何かあるといちいち、話をしてくる」

「そうなの？」いつも沈着冷静な成瀬が職場で、「宝島沙耶のドラマ観ましたか」と言われ、戸惑っている姿を想像してしまう。「ファンではない！　と否定しないの？」

「それも申し訳なくてな」

「おまえはいつもむすっとしているから、そういう話題があったほうがいいんだ。部下たちも接しやすくなる」

「俺もそう思って、なるべく応えようとは思っているんだ」

「真面目というか何というか」雪子が笑う。

「そういえば、あの子はいないのかな」久遠はラウンジカフェを見渡す。ここで働いていた女性で、今回、自分たちの作戦にも協力してくれた。「すごく役に立ってくれたけれど」

「ここのバイトは辞めたみたいよ。慎一が言ってた」

「残念、響野さんのかわりに仲間になってもらいたかったのに」

「悪いな久遠、おまえがそう言うだろうな、とはすでに予言済みだ」

「予言？　誰が」

「成瀬がだ」

「なのに、どうして響野さんが自慢げに言うわけ」

少しするとバイトの休憩時間に入ったからか慎一がやってきた。露骨に嫌そうな顔をし、「長居しないでください」と言ってくる。

「座れよ」と無理やり慎一の手を引っ張る響野は、飲み屋で絡む上司のようだった。「慎一、おまえに訊きたいことがあるんだがな」

「何」

「教習所で親しくなった女の子とメールのやり取りはしているのか？」

「え」慎一は少し顔を赤らめ、顔を歪める。「何でまた」

「いいから、話を聞かせてくれって。メールは来たんだろ?」

はあ、と慎一は抵抗を諦めたのか息を吐き出す。「でも、タイミングを逸しちゃって。返事をしないまま半月経っちゃったからね。いまさら」

「半月とはずいぶん」成瀬が言う。雪子は無表情でコーヒーを飲んでいるだけだ。

「あ、でも、忙しかったから返事をしそびれちゃった、とか書けばいいんじゃないのかな」

「久遠、おまえは本当に分かっていないな。さすがにそれは関心がなさそうで、良くないに決まってるだろ」響野は、久遠をたしなめるように言ってきた。

「海外にでも行っていたことにすれば?」雪子が言う。

「雪子、あのな、いまどきメールくらいは海外でもチェックできるぞ」

「海外に行ったこともないくせに」久遠は笑う。「じゃあ、響野さんなら何て答えるわけ」

ああ、うむ、と響野は咳払いをして、「私なら、そうだな」と少し考える。「『やっと地球に帰ってきました』とかな」

「何だそれは」成瀬が真顔で訊き返し、慎一と雪子は、さすが親子というべきか同じ表情で苦笑いを浮かべた。

「あ、それならしょうがないな! と思ってもらえるだろうが。最初に一行、書いておけばいいんだ」

「慎一くん、ああいう大人になったら駄目だよ」と久遠は、響野を指差す。

「ええ」言われなくとも、と慎一がうなずいた。「あ、それとは関係ない話なんですけど」

「関係ない話をしないでくれ」響野が抗議する。

「最近、ホテル関係者の間でまことしやかに言われている怪談話みたいなのがあって」

「何それ」

「どういう？」雪子も訊ねる。

「深夜のホテルに、飴玉を持った不審者が出現するんだって。人に見られると、姿を消すらしいけど」

「ああ」久遠は、雪子をちらと見る。「危害は加えないんでしょ？」

「いや、パソコンを壊したり、個人情報を盗んでいくらしいです。で、怒ると飴を投げてくるみたいだよ」

久遠は一瞬言葉を失いかけるが、かろうじて、「こういう話はアレンジされて広まっていくものなんだなあ」と言った。

「アレンジ？」慎一が首を傾げる。「何のことですか」

コーヒーのおかわりを求め、成瀬が店員に向かって、手を挙げた。

新書刊行時あとがき

◇

自分が創作する際にはできるだけ、「この先どうなるのか読者が分からない」話を書きたいと思っています。パターンにはなるべく乗りたくないですし（とはいえワンパターンになることも多いのですが）、自分なりに新鮮な物語を考えたくなります。たとえば、『死神の精度』と『死神の浮力』、『グラスホッパー』と『マリアビートル』のように、作品世界が繋《つな》がったものを書いてはいますが（これからも少し書く予定ではいますが）、それは共通の舞台装置を使ってはいるものの、自分としては違った物語を創《つく》り上げたつもりですし、単なる「続編」「シリーズ物」と括《くく》られると少し寂《さび》しい気持ちになるのも事実です。

ただ、この、「陽気なギャング」に関しては違います。おなじみのメンバーがいつもと変わらぬ会話を交《か》わし、事件に巻き込まれる、その繰り返しを楽しめるものなのだと思っています。前作『陽気なギャングの日常と襲撃』から九年ほど経《た》ってしまいましたが、こうして完成して、ほっとしています。

九年の間に僕の好みや考えもずいぶん変わったのか、改めて過去の二作を読み返してみると、気になる部分がいくつかあり、どうしたものかと悩みました。結果的には、ある部分はしれっと変更し、ある部分はそのまま踏襲《とうしゅう》しています。さらには、「銀行強盗は犯罪であるから、あまりそれを愉快げに描くのはいかがなものか」と基本的なことまで気になりはじめ、あの強盗たちも年を取り、今はすっかり銀行強盗から足を洗っているという設定で書きはじめたのですがどうにもうまくいかず、最終的には、「このお話の中では、懲《こ》りずに銀行強盗をしていてもいいか」と開き直ることにしました。

タイトルに、「三」という字を入れようと決めたのは、執筆をはじめてからです。シリーズの三作目だとすぐに分かるほうが親切ですから、というよりも僕自身が覚えるのに楽だったからです。偶然ですが、二作目のタイトルにも、「日常」という文字が入っており、音だけで言えば、「に（二）」が含まれています。

他の作品同様、さまざまな方にお礼を言いたい気持ちですが、この本の場合は、この九年間、表紙の写真に遣《つか》う覆面を捨てずにいてくれたデザイナーの松《まつ》さんにまず感謝をしなくてはいけないかもしれません。ありがとうございます。

九年ぶりのシリーズ三作目ですが、年月の重みは関係なく、ひたすら楽しく読めることだけを考え、書きました。読者が楽しんでくれることを祈るのみです。

作中のコーヒーの話は、書店員さんから教えてもらい興味を持ち、『世界食物百科』（マグロンヌ・トゥーサン＝サマ著、玉村豊男監訳）を参考にしております。各節の辞書の記述は、『大辞林』『大辞泉』をもとに改変し、扉のことわざは一般的な英語ことわざ（の和訳）を使っています。また、ｔｏｔｏことスポーツ振興くじは譲渡禁止ですから、作中のくじは架空のものだと思っていただければ幸いです。

二〇一五年八月八日

伊坂　幸太郎

（この作品は、平成二十七年十月、小社からノン・ノベル新書判で刊行されたものです）

解説——奇想と技巧《ぎこう》を極《きわ》め尽《つ》くした当代随一《ずいいち》のストーリーテラー

ミステリ評論家・日下三蔵《くさかさんぞう》

本書は二〇一五年十月に祥伝社の新書判叢書《そうしょ》ノン・ノベルから書下ろしで刊行された伊《い》坂幸太郎《さかこうたろう》の長篇サスペンス『陽気なギャングは三つ数えろ』の文庫版である。『陽気なギャングが地球を回す』（03年2月／ノン・ノベル→祥伝社文庫）、『陽気なギャングの日常と襲撃』（06年5月／ノン・ノベル→祥伝社文庫）に続く九年ぶりのシリーズ第三作ということになる。シリーズものといっても、ストーリーが前作の続きというわけではないので、解説者としては「この巻からお読みいただいても問題ありません」と言いたいところだが、もし前の二作を読んでいない人がいたら、ぜひ順番に読んでいただきたいと思う。たった二冊だし、ホントに面白いので損はさせません。

とはいえ、前作を既《すで》にお読みの方も、九年ぶりの新刊とあっては細かい設定をお忘れかもしれない。未読の方のネタバレにならない程度に、軽くこれまでのお話を振り返っておこう。主人公の銀行強盗は四人組だ。

成瀬《なるせ》　他人の嘘《うそ》を見抜く能力がある、ギャングのリーダー格
響野《きょうの》　口からでまかせの演説の名人、普段は喫茶店ロマンを経営している
雪子《ゆきこ》　時間をコンマ単位で把握できる体内時計の持ち主、シングルマザー
久遠《くおん》　スリの名手、動物好きでとても詳《くわ》しい

響野の愛妻・祥子《しょうこ》、雪子の中学生の息子・慎一《しんいち》、どんな品物でも用意してくれる便利屋の田中《たなか》といった関係者、協力者を交えて、ギャングたちは様々な事件に巻き込まれていく。

『陽気なギャングが地球を回す』では、ひと仕事終えた彼らが現金輸送車強奪犯と遭遇、売り上げごと車を奪われてしまう。だが、現金奪回を目指すギャングたちに、次々と予想外の出来事が発生。虚々実々《きょきょじつじつ》の駆け引きの結末とは……？

『陽気なギャングの日常と襲撃』の第一章は、四人のギャングひとりひとりにスポットを当てた短篇集で、これが全体の半分近くを占《し》める。第二章以降は銀行強盗の話になるのだが、ここで彼らはある誘拐事件と関わることになる。第一章のエピソードで張られた伏線が次々と回収され、意外な展開の連続。最後まで息つく間もなく読まされてしまう。

ここまで思い出していただければ、本書を楽しむのに差《さ》し支《つか》えはないと思うが、これだけではあまりに素《そ》っ気《け》ないので、伊坂幸太郎という作家の特質について、少しだけ分析めいたことをしてみよう。

まず最初のキーワードは「奇想」である。伊坂作品には、もう、そこまで来たらＳＦじゃない？　と思うほどに常識を逸脱《いつだつ》したキャラクターや設定が数多く登場する。そもそも、第五回新潮ミステリー倶楽部《くらぶ》賞を受賞したデビュー作『オーデュボンの祈り』（00年12月／新潮社→新潮文庫）にしてからが、未来を予知できる案山子《かかし》がしゃべるミステリであった。しかも、その案山子が殺されてしまい、その謎を推理する話なのだ。

案山子だけではない。『夜の国のクーパー』（12年5月／東京創元社→創元推理文庫）では猫がしゃべるし、『ガソリン生活』（13年3月／朝日新聞出版→朝日文庫）では車が語り手を務《つと》めている。

『魔王』（05年10月／講談社→講談社文庫）は超能力を持った兄弟の物語だし、『死神の精度』（05年6月／文藝春秋→文春文庫）、『死神の浮力』（13年7月／文藝春秋→文春文庫）の探偵役は本物の死神だ。

『終末のフール』（06年3月／集英社→集英社文庫）は八年後に小惑星が衝突して地球が

滅亡すると分かってしまった世界を舞台にした連作。『火星に住むつもりかい?』(15年2月/光文社→光文社文庫)は住人同士の密告制度によって「危険人物」が逮捕、処刑されてしまう社会を舞台にしたサスペンス。この辺《あた》りの作品は、SFに分類されてもおかしくないだろう。

こうした、ある意味で現実離れした突拍子《とっぴょうし》もない要素を小説の中に組み込んで、それでも読者に違和感を覚えさせずに最後までページを繰らせてしまうのは、「小説が上手《うま》いから」といってしまえばそれまでだが、やはり作者のセンスが光る工夫を随所《ずいしょ》に見ることができる。

工夫はテクニックと言い換えてもよく、つまり第二のキーワードは「技巧」ということになる。なんといっても目立つのは伏線回収の上手さで、序盤でさり気なく語られていたあれもこれも終盤で全部つながるのかよ! という驚き。伏線自体は小説全般で用いられるポピュラーな技法だが、それがもっとも威力を発揮するジャンルが推理小説であることは、言うまでもないだろう。

ミステリ・ファンが伊坂のテクニシャンぶりに最初に気づいたのは、第二長篇『ラッシュライフ』(02年7月/新潮社→新潮文庫)が出た時だったと思う。『オーデュボンの祈り』ではストーリーが風変わり過ぎて正体を見定められなかったが、一見バラバラな四つの物語が一つに収束するトリッキーな構成のサスペンスで、とんでもない新人が出てきたと思った人は多いはずだ。実はこのスタイルには、飛鳥高《あすかたかし》の日本探偵作家クラブ賞（現在の日本推理作家協会賞）受賞作『細い赤い糸』（61年3月／光風社→双葉文庫）という先例もあるが、小説としては伊坂作品の方がはるかに洗練されている。

記述に仕掛けを施《ほどこ》して読者に真相を誤認させる「叙述トリック」も伊坂幸太郎の得意技だ。時系列をシャッフルする。誰かに騙《だま》されている登場人物を出すことで間接的に読者を騙す、といったテクニックである。

出世作の一つ『アヒルと鴨のコインロッカー』（03年11月／東京創元社→創元推理文庫）や、一見するとミステリには見えない青春小説の傑作『砂漠』（05年12月／実業之日本社→新潮文庫→実業之日本社文庫）、それにこの『陽気なギャング』シリーズの既刊本でも、こうした手法は効果的に使われている。

ミステリ・ファンならば、読者を騙すために最高級のテクニックを駆使した作家として、連城三紀彦《れんじょうみきひこ》の名を思い出す人も多いのではないだろうか。伊坂幸太郎のミステリ巧者ぶりは、強いて言うなら連城三紀彦のそれに近い。講談社文庫の傑作選『連城三紀彦レジェンド　傑作ミステリー集』シリーズの選者を、綾辻行人《あやつじゆきと》、小野不由美《おのふゆみ》、米澤穂信《よねざわほのぶ》の三氏とともに務めているくらいだから、本人が連城ファンであることは間違いない。

現役のミステリ作家がひとり一冊ずつ好きな作品を選ぶアンソロジー『スペシャル・ブレンド・ミステリー　謎』（講談社文庫）でも第五巻の選者を務めており、連城三紀彦「夜の二乗」、小松左京《こまつさきょう》のSFミステリ「長い部屋」などと共に泡坂妻夫《あわさかつまお》の亜愛一郎《ああいいちろう》シリーズから「飯鉢山《いいばちやま》山腹」を採《と》っているから、本当にトリッキーな作品が好きなのだと分かる。

そういえば、泡坂作品はキャラクターや固有名詞が共通していて、ほぼすべてが同じ世界の物語であることで有名だが、伊坂作品にも随所に作品同士のリンクが仕込まれている。『オーデュボンの祈り』と『重力ピエロ』（03年4月／新潮社→新潮文庫）、『グラスホッパー』（04年7月／角川書店→角川文庫）と『マリアビートル』（10年9月／角川書店→角川文庫）、『魔王』と『モダンタイムス』（08年10月／講談社→講談社文庫）、『チルドレン』（04年5月／講談社→講談社文庫）と『サブマリン』（16年3月／講談社）のように、共通するキャラクターが登場する場合もあれば、同じお店やテレビ番組が出てくることもある。これを探すのも、伊坂作品を読む楽しみのひとつだ。

『アヒルと鴨のコインロッカー』で第二十五回吉川英治《よしかわえいじ》文学新人賞、『死神の精度』の表題作で第五十七回日本推理作家協会賞短編部門を、『ゴールデンスランバー』（07年11月／新潮社→新潮文庫）で第二十一回山本周五郎《やまもとしゅうごろう》賞と第五回本屋大賞を、それぞれ受賞。いまや第一線の人気作家となった伊坂幸太郎だが、振り返ってみると人気に火がついたのは二〇〇三年ということになるだろう。この年の三作、『陽気なギャングが地球を回す』『重力ピエロ』『アヒルと鴨のコインロッカー』でミステリ・ファンのみならず、広く一般読者からも注目を受けるようになった。

これはミステリに限った話ではないが、ジャンル小説出身の人気作家は、次第に狭いジャンルから転身して広く一般的な作品を手がける傾向がある。伝奇小説から出発した吉川英治や司馬遼太郎《しばりようたろう》は歴史小説で国民的人気作家になった。これは話が逆で、狭いジャンルから抜け出したからこそ、ポピュラーな人気を得たと見るべきか。

伊坂幸太郎が凄《すご》いのは、トリッキーなエンタテインメントとしてのミステリを書き続けたまま、これだけの人気作家になっていることで、そうした前例は宮部《みやべ》みゆきや東野圭吾《ひがしのけいご》など、ほんの数人しか思いつかない。銀行強盗を扱った本書のようなサスペンスを楽しそうに出してくるのだから、伊坂幸太郎がミステリから離れていく心配だけは、しなくても良さそうだ。

本書のタイトルにある「三つ数えろ」は、シリーズ三冊目だから付けられたものだろうが、レイモンド・チャンドラーのハードボイルド小説『大いなる眠り』をハワード・ホークス監督が映画化したミステリ映画の古典のタイトルでもある。脚本にノーベル賞作家でありながら何冊もミステリを手がけているウィリアム・フォークナーや、初期にはハードボイルド、後にはSF作家として活躍するリイ・ブラケットが参加している。
そういえばシリーズ前作『陽気なギャングの日常と襲撃』のタイトルは、都筑道夫《つづきみちお》の詩人探偵キリオン・スレイシリーズ（『キリオン・スレイの生活と推理』『キリオン・スレイの復活と死』『キリオン・スレイの再訪と直感』『キリオン・スレイの敗北と逆襲』）のスタイルを踏襲《とうしゅう》したものではないだろうか。
ちなみに本書の初刊本のカバーそでには、こんなコメントが付されていた。

シリーズ三作目は九年ぶりとなりましたが、前作から大きな変化はありません。執筆しながら、「銀行強盗を行う犯罪者たちを楽しそうに描いていいのだろうか」「銀行強盗なんてやれるわけがない」といくつもの疑問が頭をよぎったのですが、よく考えれば九年前もそれは同じですし、これはどこからどう見ても、現実的な物語ではないと気づきました。お伽噺《とぎばなし》のようなものですので、読者のみなさんもそう受け止め、楽しんでいただければと思います。

日本に初めてイアン・フレミングの００７シリーズを紹介した都筑道夫は、ジェームズ・ボンドものを「大人の紙芝居」と表現していたが、これは伊坂さんのいう「お伽噺」と同じ意味と考えられる。

当代随一の技巧派作家が、読者を楽しませるために全力を傾けたアクション小説の逸品《いっぴん》を、どうかじっくりと味わっていただきたい。そして願わくば、シリーズ第四作は九年と言わず、もう少し早く読めることを、読者の皆さんとともに祈りたいと思う。

陽気なギャングは三つ数えろ

一〇〇字書評

切・り・取・り・線

購買動機（新聞、雑誌名を記入するか、あるいは○をつけてください）	
□（　　　　　　　　　　　　）の広告を見て	
□（　　　　　　　　　　　　）の書評を見て	
□ 知人のすすめで	□ タイトルに惹かれて
□ カバーが良かったから	□ 内容が面白そうだから
□ 好きな作家だから	□ 好きな分野の本だから

・最近、最も感銘を受けた作品名をお書き下さい

・あなたのお好きな作家名をお書き下さい

・その他、ご要望がありましたらお書き下さい

住所	〒				
氏名		職業		年齢	
Eメール	※携帯には配信できません	新刊情報等のメール配信を 希望する・しない			

この本の感想を、編集部までお寄せいただけたらありがたく存じます。今後の企画の参考にさせていただきます。Eメールでも結構です。

いただいた「一〇〇字書評」は、新聞・雑誌等に紹介させていただくことがあります。その場合はお礼として特製図書カードを差し上げます。

前ページの原稿用紙に書評をお書きの上、切り取り、左記までお送り下さい。宛先の住所は不要です。

なお、ご記入いただいたお名前、ご住所等は、書評紹介の事前了解、謝礼のお届けのためだけに利用し、そのほかの目的のために利用することはありません。

〒一〇一 - 八七〇一
祥伝社文庫編集長　坂口芳和
電話　〇三（三二六五）二〇八〇

祥伝社ホームページの「ブックレビュー」からも、書き込めます。
http://www.shodensha.co.jp/bookreview/

祥伝社文庫

陽気《ようき》なギャングは三《みつ》つ数《かぞ》えろ

平成30年9月20日　初版第1刷発行

著　者　伊坂《いさか》 幸太郎《こうたろう》
発行者　辻　浩明
発行所　祥伝社《しょうでんしゃ》
東京都千代田区神田神保町3-3
〒101-8701
電話　03（3265）2081（販売部）
電話　03（3265）2080（編集部）
電話　03（3265）3622（業務部）
http://www.shodensha.co.jp/
印刷所　萩原印刷
製本所　ナショナル製本

Printed in Japan ©2018, Kōtarō Isaka ISBN978-4-396-34451-1 C0193